アフリカの民話集　しあわせのなる木

島岡由美子 文
ヤフィドゥ・マカカと8人のティンガティンガ・アーティストたち 絵

未來社

アフリカの民話集　しあわせのなる木　もくじ

※ケニア・ウガンダのお話のほかはすべてタンザニア（本土・ザンジバル）のお話です

装幀　伊勢功治
地図作成　川口圭希
写真　島岡由美子

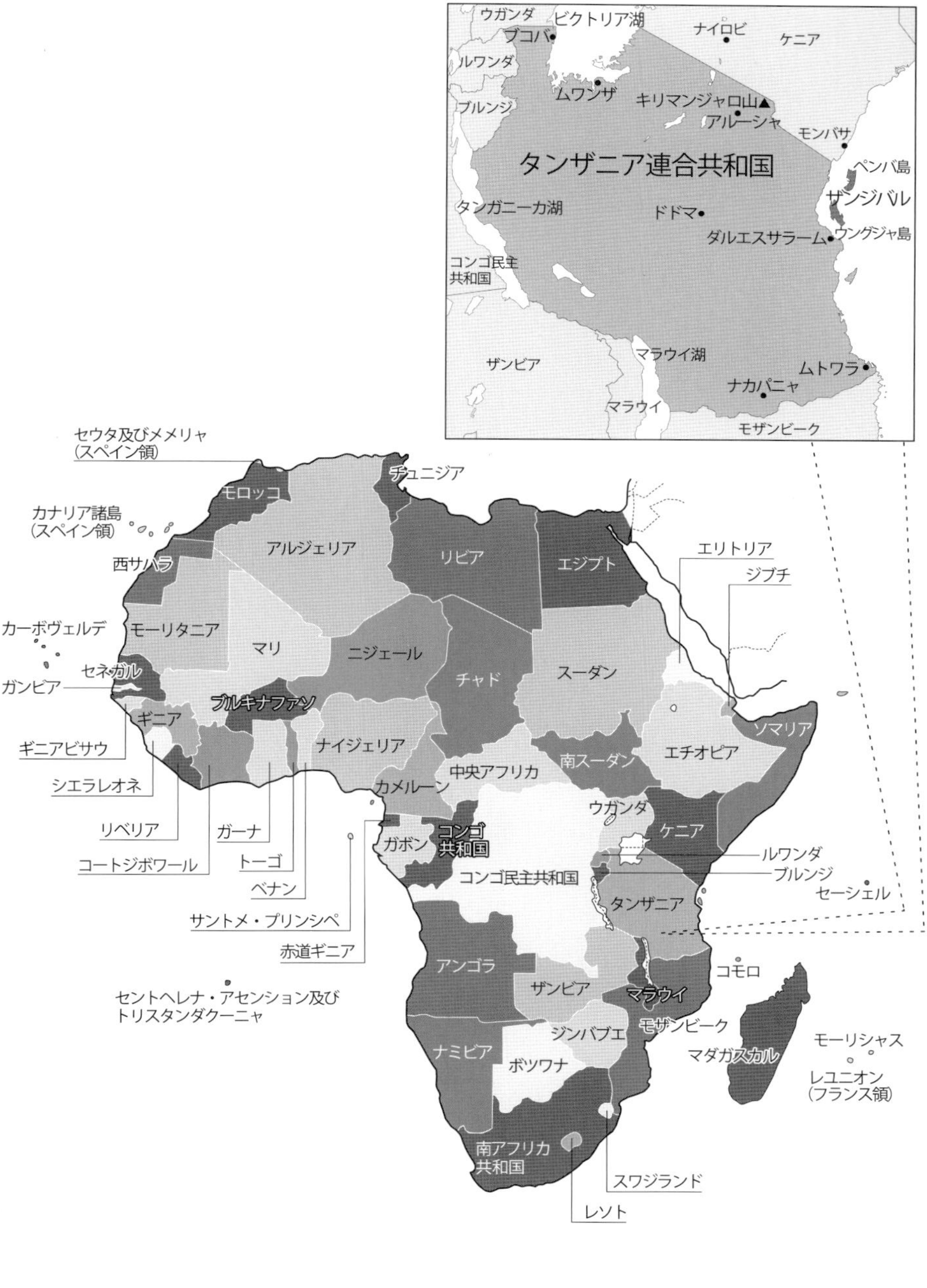

タンザニア連合共和国
ウガンダ
ビクトリア湖
ブコバ
ナイロビ
ケニア
ルワンダ
ムワンザ
キリマンジャロ山
アルーシャ
ブルンジ
モンバサ
ペンバ島
ザンジバル
タンガニーカ湖
ドドマ
ダルエスサラーム
ウングジャ島
コンゴ民主共和国
ザンビア
マラウイ湖
ムトワラ
ナカパニャ
マラウイ
モザンビーク
セウタ及びメメリャ（スペイン領）
チュニジア
モロッコ
カナリア諸島（スペイン領）
アルジェリア
リビア
エジプト
エリトリア
西サハラ
ジブチ
カーボヴェルデ
モーリタニア
マリ
ニジェール
セネガル
チャド
スーダン
ガンビア
ブルキナファソ
ギニア
ソマリア
ギニアビサウ
ナイジェリア
エチオピア
南スーダン
中央アフリカ
シエラレオネ
カメルーン
ウガンダ
リベリア
ガーナ
コンゴ共和国
ケニア
ガボン
ルワンダ
コートジボワール
トーゴ
ブルンジ
コンゴ民主共和国
ベナン
セーシェル
タンザニア
サントメ・プリンシペ
赤道ギニア
コモロ
アンゴラ
セントヘレナ・アセンション及びトリスタンダクーニャ
ザンビア
マラウイ
モザンビーク
ジンバブエ
モーリシャス
ナミビア
マダガスカル
ボツワナ
レユニオン（フランス領）
南アフリカ共和国
スワジランド
レソト

アフリカの民話集　しあわせのなる木

タンザニアでは、むかしもいまも
むかし話とは読むものではなく
人から人へ
語って聞かせ、伝えるもの。
だから、むかし話はいつも
語り手の「パウカー」（お話はじめるよ）と
聞き手の返事「パカワー」（はーい）という
かけあいからはじまります。

さあ、それでは、お話をはじめましょう。

ABDALLAH

1　大きな大きな山がわれた日

キリマンジャロ山伝説

ハポ　ザマニザカレ（むかしむかし、あるところに）、大きな大きな、それはそれは大きな山がありました。

どれくらい大きいかというと、雲より高く、山のはしからはしまでの長さはというと、足のはやいマサイの戦士でも一年はかかってしまうほどでした。

このあまりにも巨大《きょだい》な山があるために、明るい日差しがあたらないので、お日さまが真上に高く上がった、ほんの少しの時間をのぞいては、このあたりの村はいつも夜のように暗くじめじめして、木々や作物も育たず、人間も動物もたいへんこまっていました。

そのようすをごらんになった神さまは、この山を小さくするために、三日三晩《ばん》、大雨をふらせ、山をけずろうとなさいました。

でも山は、雨ぐらいではびくともしません。

つぎに神さまは、三日三晩、大雪をふらせ、山をこごえさせて、小さくしようとされました。

でも今度は、雪がたくさんつもって、山はますます大きくなってしまいました。

最後に神さまは、たくさんの岩を、ぐつぐつぐらぐらよく煮込《にこ》んで、地球の真んなかにおしこむと、まっ赤になった溶岩《ようがん》をふき上げて山の上にふらせました。

山は、溶岩が頭にあたって、熱くて熱くてたまりません。


あっちっち、あちちちち、こりゃたまらん。

山の右がわは、右をむいて逃《に》げようとしました。

あっちっち、あちちちち、こりゃたまらん。

山の左がわは、左をむいて逃げようとしました。

でも、山は、右にも左にも逃げることができません。地球のまんなかでぐらぐら煮込まれた、熱い熱い岩は、ようしゃなく山の上にふってきます。
山の右がわはあっちに逃げ、山の左がわはこっちに逃げようと、もがいているうちに、

ミシミシ、メキメキ
ズズズッ、ドドン、ドドーン
ガッガ、ガッガッ、ガッガッガッガッーン！

とうとう山が、まっ二つにわれてしまいました。

大きな山がまっ二つにわれたおかげで、道ができました。
人びとがむこうがわにいってみると、山の反対がわには同じように、大きな山にお日さまをさえぎられてこまっていた人びとや動物たちがいて、山がわれて明るくなったことに大よろこびしていました。

山が二つにわれて小さくなったおかげで、お日さまもほどよく当たるようになり、山か

ら流れるふんだんな水も手伝って、人間も動物もしあわせにくらせる土地に生まれかわりました。

やがて、山のむこうとこっちで人びとの行き来がはじまり、山のふもとに大きな町ができました。

この大きな山こそが、アフリカでいちばん高いキリマンジャロ山。

二つに分かれたかたわれが、キボ山です。

元は一つの大きな大きな山だったキリマンジャロ山とキボ山は、こうしてわれて二つの山になったその日から、いくら会いたくても会えなくなってしまいました。

「人と人は会えるけれど、山と山は会うことはできない」

というスワヒリ語のことわざは、このキリマンジャロ山とキボ山からきているのだそうです。

きょうの話は、これでおしまい。

ほしけりゃもってきな、いらなきゃ海にすてとくれ。

2　バオバブの木のなみだ

ハポ　ザマニザカレ（むかしむかし、あるところに）、大きな大きなバオバブの木がありました。

葉や実がしげる季節になると、バオバブの木の下には大きな木かげができて、アフリカの太陽の強い日差しから、動物たちを守ってくれました。

乾季《かんき☆》になって、大地が乾《かわ》いていく季節になると、一まい、また一まいと、葉がおちていき、まるはだかになったバオバブの木は、まるで根っこと幹《みき》をひっくり返して、さかさまにしたようなかたちになりました。

雨がふらない日が、何日も何日もつづきました。

やがて、大地がからからに乾き、花も木も草も枯《か》れました。

動物たちは、バオバブの木のまわりに集まって、水が飲みたいという顔でなんどもなんども、バオバブの木を見上げました。

それでも雨はふらず、飢《う》えと渇《かわ》きで、ゾウもサルもライオンもサイもキリンもカバも、

「バオバブさん、水が飲みたいよ」

「バオバブさん、たすけて、のどが乾いてくるしいよ」

といいながら、体がひびわれ、のどがからからになって、動けなくなっていきました。

そのようすを、悲しそうに見ていたバオバブの木は、

「神さま、どうか雨をふらせて、動物たちをすくってください」

とおねがいしました。

それでも、雨はふりません。

それどころかアフリカの太陽は、さらに何日も何日も、強く強く照りつづけました。葉がおちて、まるはだかになったバオバブの木も、日に日に乾いていきました。

そんなある日、カメレオンが水をもとめて、よろよろ歩いてきました。

いつもなら、サバンナ（草原）の緑やら花の色をまねて、きれいな色でおしゃれなカメ

レオンも、すっかり乾いた大地の色となり、おなかとせなかがくっつくほどぺちゃんこになっています。

そのようすを見たバオバブの木から、おもわずなみだがこぼれました。

そのなみだを、ぺちゃんこになった土色のカメレオンが長い舌でぺろりとなめた、そのときです。

ぽつり　ぽつり、ぽつっ　ぽつっ　ぽつっ、ざざーっ

雨です。ついに、天から、めぐみの雨がふってきたのです。

雨のおかげで、大地がうるおい、草木がはえ、動物たちもつぎつぎに息をふき返しました。

ぺちゃんこで土色になっていたカメレオンも、すっかりおしゃれな美しい花の色になって、くいくいくいん、くいくいくいんと、気どって歩けるようになりました。

バオバブが泣くと雨がふる、という言い伝えは、このお話からきているそうです。そしてアフリカの人たちが、いまでもバオバブの木に、雨ごいをしたりねがいごとをしたりす

るのは、この言い伝えを信じているからなんですよ。
きょうの話は、これでおしまい。
ほしけりゃもってきな、いらなきゃ海にすてとくれ。

☆　乾季《かんき》……タンザニアの気候には雨がたくさんふる雨季《うき》と、とても少ない乾季の二つの季節がある。

19　バオバブの木のなみだ

3　動物たちの自動車レース

ハポ　ザマニザカレ（むかしむかし、あるところに）、動物の村がありました。

ある日、七色のカメがやってきて、動物たちに自動車レースのお知らせをしました。

このレースで一等賞になったらたんまり賞金がもらえると聞いて、動物たちはみんな、

「レースに出るよ」

といいました。

「では、レースに出るかたがたは、明日の朝、わたしに車を見せてください」

と七色のカメがいったので、動物たちはみんな、

「いいよ」

といいました。

21　動物たちの自動車レース

つぎの日の朝、ライオン、キリンにシマウマ、チーターにカバ……みんな、ピカピカの車でやってきました。

七色のカメが、レースに出る動物の名前や車の種類をノートに書いていきます。

「お名前は？」

「ライオンです」

「では、車を見せてください」

「はい、これです」

七色のカメは、あちこちから車を見ると

「ライオン・きいろいスポーツカー」と書いて、いいました。

「はい、これでライオンさんは、レースに出られます。では、つぎのかたどうぞ」

七色のカメがみんなの車を見おわったころに、ウサギが、えっちらおっちら車をおしながらやってきました。

それは、どこから見ても、おんぼろぼろのぼろ車でした。

なにしろ、ハンドルはまわらず、ブレーキはかからず、クラクションだってなりません。

ガソリンタンクはからっぽのうえ、穴《あな》まであいている始末《しまつ》です。

七色のカメは、ノートにこう書きました。

「ウサギ・おんぼろぼろのぼろぐるま」

動物たちは、ウサギにいいました。

「おいおい、ウサギくん、こんなおんぼろの車でレースに出るつもりなのかい？」

「これじゃあ出るだけむださ。わるいことはいわないから、やめときなよ」

なのに、ウサギはむねをはって

「へん、車がぼろくたって、勝ちゃいいのさ。まあ、見てなって。レースはぶっちぎりでこのウサギさまのいただきさ」

なんていうものだから、動物たちは、わらっていいました。

「ほうら、またウサギのほら[☆1]が出た」

「ウサギのほらふき、ほらふき、ほーらふき[☆2]」

七色のカメが、

「ではみなさん、レースはつぎの日曜日です。その日までごきげんよう」

というと、動物たちは、ぴかぴかの車をびゅんびゅん飛ばして、家に帰っていきました。

ウサギは来たときとおなじように、えっちらおっちら車をおしながら家に帰ってきました。

みんなの前ではああいったものの、ウサギには車をなおすお金などありません。その日は、あちこちばらしただけでへとへとにつかれて、ねむってしまいました。

でもつぎの日、ウサギは、とってもいいことを思いついたのです。

ハンドルのかわりにゆでたまごとマンダジ[☆3]を、タイヤのかわりに大きなオレンジを、バンパーのかわりにさとうきびをつけて、なおしました。

そのつぎの日は、ブレーキのかわりにパイナップル、アクセルはにんじん、ギアはとうもろこし。イスのクッションはケーキをつめて、なおしました。

そのつぎの日は、パイナップルやマンゴー、チャパティ[☆4]、魚、肉、バナナやかぼちゃまでつかってきれいになおしていきました。

でも、ガソリンタンクに穴があいていては、車を動かすことはできません。

どうしたものかと考えているうちに、土曜日になってしまいました。

ウサギは、チョコレートとココナッツをまぜてどろどろにとかしたものをガソリンタン

MBUKA

クにあいていた穴につめ、ふーふーといきをかけてかたまらせて、なおしました。

そしてタンクには、ガソリンのかわりにたっぷりさとうがはいったこうちゃを入れて、

「これで、明日のレースはいただきさ」

とつぶやくと、家に帰って、ぐっすりねむりました。


いよいよ、レースの日がきました。

朝からいいお天気です。

動物たちは、みんな朝早くから、ぴっかぴかのスポーツカーでやってきました。

七色のカメがいいました。

「みなさん、こちらにならんでください」


いちばん最後に、ウサギがのろのろとやってきました。

ぴかぴかのスポーツカーにまじって、ウサギの車だけが、タイヤはオレンジ、ハンドルはゆでたまごとマンダジ。ブレーキはパイナップル、アクセルはにんじん、ギアはとうもろこし。しかも、ガソリンのかわりにこうちゃときていますから、みんな車をおりてきて、おおわらいしました。

グッグル、グッグル、グガガガッ
キャッキャキャキャキャキャッ
バウバウ、バウバウバウ～ン
ガウガウガー
パオパオ　パオー

七色のカメが、もう一度いいました。

「みなさん、おしずかに。レースをはじめますから、こちらにならんでください」

さあ、いよいよレースのはじまりです。


サルが、スタートのはたを大きくふりました。

「位置について……モジャ、ビリ、タトゥ！（一、二の三！）」

車がいっせいに走り出しました。

ビュンビュン　ギューン　キュキュキュキュキュキュー

どの車も、すごいスピードです。

でもウサギの車だけは、

のろのろ　もたもた　ぷすんぷすんぷすん
ポレポレ[☆5]　もたもた　ぷすんぷすんぷすん

けれどもウサギは、あきらめません。

スピードをあげようと、アクセルをおもいっきりふみました。

そして前にひしめく車をよけるため、クラクションをおしたのですが、どうしたことかウンともスンとも音がしません。

それもそのはず、クラクションだけはなおすのをわすれていたのです。

あわてたウサギは、思いっきり力をこめて、こわれたままのクラクションをおしました。

29　動物たちの自動車レース

プッ、ププッ……

ププブ、ブブブ、ブワッ、ブワッ、ブワッ、ブッシュー!!

あんまりきばったので、クラクションをおしたひょうしに、でっかいでっかいおならをこいてしまいました。

そのおならのいきおいで、ウサギの車がズババババーッと前におし出され、あっというまにいちばん先頭におどり出ました。

そして、そのままおならのいきおいでゴールイン。

ゴールでまっていたサルが、はたをふっていいました。

「ゴール! 優勝《ゆうしょう》は、ウサギくんです」

ウサギはめでたく優勝して、テレビのインタビューをうけました。

「ウサギさん、おめでとうございます。それにしても、すごいラストスパートでしたね」

「ありがとうございます。

はじめはのろのろしていると見せかけて、最後に一気にぬく、すべて作戦どおりにいきました。

まあ、こんなもんですよ」

ひょうしょう式がはじまりました。

「動物レースの優勝は、ウサギくんです」

ウサギは、大きな優勝カップと賞金をがっぽりもらって、おおよろこびです。

パチパチパチ、パチパチパチパチ
ホンゲラ、ホンゲラ[☆6]、ウサギくん

そしてウサギの優勝をいわって、パーティーがひらかれました。

もちろん、ごちそうはウサギの車です。

チャパティにマンダジ、パイナップルにマンゴーにバナナ、魚にお肉、しかも、おさとうたっぷりのこうちゃまであって、みんなおおよろこび。

レースの前に、ウサギをほらふきと笑ったことなんかすっかりわすれて、飲めや歌えやおどれやのパーティーが、朝までつづきました。

MBUKA

33　動物たちの自動車レース

朝になって、七色のカメがいいました。

「では、みなさん、来年のレースの日まで、ごきげんよう」

きょうの話は、これでおしまい。

ほしけりゃ、もってきな。いらなきゃ、海にすてとくれ。

☆1　ほら……おおげさなうそ。

☆2　ほらふき……おおげさなうそをつく人。

☆3　マンダジ……アフリカのあげパン。

☆4　チャパティ……丸くてひらたいパン。

☆5　ポレポレ……スワヒリ語、ゆっくりの意味。

☆6　ホンゲラ……スワヒリ語、おめでとうの意味。

4　なまことヘビ

ハポ　ザマニザカレ（むかしむかし、あるところに）、なまことヘビがおりました。

その当時、なまこには、目はあっても足がなく、ヘビには足があるものの目がありませんでした。なまことヘビはとても仲良しで、いつもいっしょにおりました。

ある日、ヘビに、人間から結婚《けっこん》式のしょうたい状がとどきました。

人間の結婚式には、ピラウ[☆1]やビリヤニ[☆2]といったごちそうが出されると、もっぱらの評判だったので、ヘビはひと目でいいから、その結婚式のごちそうを見てみたいと思いました。

そこでヘビは、なまこにいいました。

「ねえ、なまこくん、結婚式の日だけきみの目を貸してくれないかい。その代わり、ぼくの足を貸すからさ」

CHARNDA

「うん、いいよ」

気のいいなまこは、すぐに自分の目を取って、ヘビに貸してやりました。

ヘビは、たくさんある足を全部はずして、なまこに貸してやりました。

なまこが、いくつもあるヘビの足をつけるのに手間取っているあいだに、なまこから借りた目をはめたヘビは、歩く代わりにうねうねとすべりながら森をぬけ、人間の住む町にむかいました。


結婚式の会場についたヘビは、あまりのすばらしさにさけびました。

「すごい、すごい！　はなやかなカンガ[☆3]をまいた人たち、美しくかざられた色とりどりの花、肉のたんまり入ったうまそうなピラウにビリヤニ、むこうがわには、あまくておいしそうなケーキにハルワ[☆4]にカシャタ[☆5]……。

世のなかには、こんなにいろいろなものがあったのか！」

そしてヘビは、強く思ったのです。

「もう、この目をなまこに返したくない。

おれは、もっともっといろんなものを見たいんだ」

ヘビは、結婚式が終わってもその場から去らず、こっそり柱をのぼって、人間の家の屋根うらに住みつきました。

一方、なまこはいつまで待ってもヘビが帰ってこないので心配になり、むかえにいこうと外に出たのはよいのですが、ヘビから借りた足は、ごしゃごしゃとひっからまって、歩きにくいったらありません。そのうえ、ヘビに両目を貸してしまっているので、方向がまったくわかりません。

なまこはあちこちさまよって、やっと森をぬけることはできたものの、人間の住む町ではなく海の方にいってしまいました。

そして、さらにあっちこっちさまよっているうちに、……ドッボーン。

ヘビに目を貸したなまこは、とうとう海に落っこちてしまいました。でも、あんがい海の中は気持ちがよくて、そのまま海の底でくらすようになりました。

なまこが海に住んで、ヘビが屋根うらで人間のくらしを見つめているのには、むかしむかしにこんなことがあったからなのです。

きょうの話は、これでおしまい。

ほしけりゃもってきな、いらなきゃ海にすてとくれ。

☆1　ピラウ……肉や野菜、香辛料が入ったたきこみご飯。

☆2　ビリヤニ……肉、野菜、香辛料をふんだんに使ったたきこみご飯。ザンジバルでいちばんのごちそう。結婚式にビリヤニをふるまえるのはよほど裕福な家のみ。

☆3　カンガ……東アフリカの民族衣装《いしょう》。色あざやかな綿布。

☆4　ハルワ……さとう水と油に、こまかくくだいたピーナッツ、ココナッツ、ゴマ、しょうがなどを入れて煮込《にこ》み、イモのでんぷん粉でかためた練りがし。

☆5　カシャタ……こまかくくだいたピーナッツやココナッツに水、さとう、しょうがなどを加え煮つめて作るおかし。

CHARINDA

5　キクユ民族の始祖ギクユ

ケニアのお話

ザマニザカレ（むかしむかし）、神さまが、ケリニャガ山の上で人間をお創《つく》りになり、ギクユという男と、ムビという女が生まれました。

ギクユとムビが夫婦になると、女の子ばかり、一〇人のむすめをさずかりました。名前は、ワゴイ、ワエリム、ワンジコ、ムイヴィゼニ、ウイゼラアド、ムシェラ、ムンブイ、ムガディジャ、ムシャカムユといいました。

名前は九人分しかなかったので、一〇人目のすえむすめには名前がありませんでした。

そんなある日神さまが、ギクユをケリニャガ山のてっぺんにつれていって、たくさんの知恵をさずけました。

ギクユは山から下りてくると、家族をやしなうために、土地をたがやし、とうもろこしや豆やアワを育てるようになりました。

ある日、どこからか九人の若者《わかもの》がやってきて、九人の名前のあるギクユのむすめたちと結婚《けっこん》しました。そしてつぎつぎに子どもが生まれて、家族がふえ、村ができました。

ギクユは、神さまからいただいた知恵を大切に使いながら、家族の長として、そして村の長として、立派に生きました。

ギクユも年を取り、ひげも髪《かみ》も白くなったある日、九人のむすこたちをよんで、いっしょにケニア山にのぼりました。

そして山のてっぺんにいくと、九人のむすこたちにこういったのです。

「この山から見える土地は、全部わしが神さまからさずかった土地だ。

だから、この山の頂《いただき》から見える広い土地は、ぜんぶわしらファミリーみんなの土地だ。

わしら家族は、みなこれからもここに住み、土地をたがやし、子をふやすのじゃ」

「わしがまだ若いころ、神さまはこの山のてっぺんで、わしにたくさんの知恵をさずけてくださった。

そしてわしが年老いて、自分で村をおさめられなくなる前に、むすこたちに知恵を授けるよう約束した。

わしにも、そろそろそのときがきたようじゃ」

そしてギクユは、神さまから教えていただいた知恵のすべてを九人のむすこたちに伝えました。

「畑をたがやしたら、二つ以上の作物を植えること。一つがうまくいかなくても、ほかの作物が収穫《しゅうかく》できれば飢《う》えることはない」

「どんなにこまっても、作づけ用のとうもろこしは残しておくこと。これは、わしらキクユファミリーの命づな。種まで食ってしまっては農民失格じゃ」

「雨がふらなくてこまったら、ムグモ（イチジク）の木の下にいき、ヤギを殺して神にまつるのじゃ。

雨ごいするのは男のやくめ、女は家で心をあわせて祈《いの》るのじゃ」

「ゾウやバッファローが、畑を荒《あ》らしに来たら、石を投げてはいけない。太鼓《たいこ》をたたき、自分たちもおどって、動物をよろこばせながら、おっぱらうのじゃ」

「色とりどりのチョウが飛んできたときは、気をつけなくてはいけない。

このチョウたちは、神聖なケリニャガ山のことを、勝手にケニアと呼《よ》ぶだけでなく、われらキクユの土地をうばいとっていくからだ。

でも、キクユの土地は広い。たとえチョウにうばわれても、へこたれることはない。キクユの知恵をもって、またあらたな土地をたがやし、作物を植えるのじゃ」

「チョウは、そのうち長い大きなヘビを連れてくる。そのヘビは、人も作物もモンバサというところにつれていく。モンバサには、海という名の巨大《きょだい》な湖があるそうじゃが、そこからどうなるかはわしにもわからない。神さまだけがご存じだ」

「われらキクユファミリーの心の山は、ケリニャガ山。なにかあれば、この山に登り、そのことを思い出し、神に祈るのじゃ」

九人のむすこたちは、ギクユからの知恵を大切に持ち帰り、土地をたがやし、家族をやしない、村を大きくしていきました。

ギクユはそれからしばらくして、その一生を終えました。

ケリニャガが、いまのケニア。ケニアの最大民族のキクユ民の始祖が、このギクユだといわれています。

ギクユがいい残した「チョウ」は、のちにやってきてケニアを支配した白人たちのこと。

モンバサからくるヘビというのは電車のことで、大きな湖とはモンバサ港の海のこと。

ギクユは、偉大《いだい》な預言者でもあったのです。

きょうの話は、これでおしまい。

ほしけりゃもってきな、いらなきゃ海にすてとくれ。

6　びんぼう富豪《ふごう》

ハポ　ザマニザカレ（むかしむかし、あるところに）、大富豪とびんぼうな男がとなり同士で住んでいました。

大富豪の家は、堂々とそびえ立つ、白いさんご造りの大きなお屋敷《やしき》でした。

いっぽう、となりのびんぼうな男の家は、土をこねた壁にココナッツの葉でふいた屋根、いまにもつぶれそうなおんぼろ家でした。

大富豪は、人がこまっていてもなんとも思わず、自分の金をもうけることしか考えていない人でした。

となりのびんぼうな男は、この大富豪の屋敷で使用人としてはたらいていました。

男の仕事は、庭そうじと水まきだけなのに、大富豪はいつも男にせんたくから買い物まで全部やらせるので、ほかの屋敷とかけもちで仕事をすることができません。

びんぼうな男は、はたらいてもはたらいても、いっこうにくらしが楽にならず、食事にもこと欠くありさまです。男は毎日、大富豪に、

「塩を、少しください」

「米を、ちょっぴりめぐんでください」

「豆を、少しでいいから分けてください」

と食べ物をもらいにいっていました。

するとそのたびに大富豪は、

「また物をもらいに来たのか、このびんぼうやろうが」

とさんざんどなりつけるのでした。

びんぼうな男は、何年も、一言の口ごたえもせずに、大富豪の屋敷ではたらいていましたが、毎日こき使われどなりつけられるので、心のなかは毎日煮《に》えくり返っていました。

大富豪の屋敷ではたらきだして一〇年めのある日、ついに、びんぼうな男は大富豪にむかってこういいました。

「ずっとがまんしてきたけれど、もうがまんできない。

やい、だんな、わたしはいままでロバのようにだまってこき使われてきたけど、きょうこそいわせてもらいますぜ。あんたは、わたしを庭仕事と水まきの賃金《ちんぎん》だけで、せんたくから買い物まで、家の一切《いっさい》の仕事をおしつける。おかげでこっちはほかの屋敷とかけもちでの仕事ができなくて、毎日食うものにもありつけないびんぼうぐらしだ。少しばかりの食べ物をめぐんでくれといえば、このびんぼうやろうとどなられる。もうこんなところじゃ働けない。きょうかぎりで、やめさせてもらいます」

いままで、おとなしいロバぐらいにしか思っていなかった男が、すごいけんまくで一気にしゃべったので、大富豪があっけにとられてぽかんとしているうちに、いうだけいってすっきりしたびんぼうな男は、そのまま庭仕事をほっぽって、すたすたと自分の家に帰ってしまいました。

人をどなりつけることに慣れていた大富豪は、生まれてこの方、人からおこられたことがありませんでした。だから、男におこられたことが、くやしくてくやしくてたまりません。

しかも、自分がさげずみ、馬鹿《ばか》にしていたびんぼうやろうに、本当のことをずけずけ言われたことが、とてもとてもくやしかったのです。

大富豪は、こうさけびました。

「びんぼう人のくせに、このおれにえらそうな口たたきやがって。あんなやつ、焼き殺してやる」


大富豪はその晩《ばん》、屋敷を出ると、すぐとなりにあるびんぼうな男の家の前にはえている草むらに、ココナッツ油をまきました。そしてマッチで油に火をつけると、うまい具合に草にもえうつりました。

「そうだそうだ、火よ、いいぞいいぞ。火よ、もっと大きくなれ。もっと大きくもえさかって、びんぼうやろうの家を焼きつくしてしまえ」

と大富豪にはげまされて気をよくした火が、大きな火柱になって、びんぼうな男のぼろ家におそいかかろうとした、そのときです。

突然、大風がビュウビュウふいてきて、もえさかった大きな火柱がむきを変えて、となりにある大富豪の屋敷にむかっていきました。

「おーい、火よ火よ、ちがうちがう、そっちじゃない。そっちはわしの屋敷だ」

大富豪は、あわてて火にむかっていったのですが、いかんせん火は、風にさからうことができません。

大きくもえあがった火柱は、大風に背中《せなか》をおされながら、大富豪の屋敷に突っ込《こ》んでいきました。そして白くそびえ立っていた、大富豪の豪華なさんご造りの屋敷は、あっというまに炎《ほのお》に包まれ、なにもかももえてしまいました。

すべてを失った大富豪は、すすだらけになったシャツ一まいの情けない姿《すがた》で、びんぼうな男の家にころがり込みました。

びんぼうな男は、心がきれいだったので、大富豪を助けてやりました。といっても、この男がはたらき者とはいえ、そう簡単《かんたん》にびんぼうぐらしからはぬけ出せません。

大富豪は、自分がさげすんでロバあつかいしていたそのびんぼうやろうからほどこしを受ける、大びんぼうやろうになってしまいました。

スワヒリ語には、「自分の掘った落とし穴《あな》に自分ではまるまぬけ」という言葉がありますが、まさにこの話に出てくる大富豪のような人のことですね。

ABDALLAH

きょうの話は、これでおしまい。
ほしけりゃもってきな。いらなきゃ海にすてとくれ。

7　ゾウと火消しダチョウ

ハポ　ザマニザカレ（むかしむかし、あるところに）、動物の村がありました。

そのころのゾウの鼻は、いまのように長くはなく、だれよりもみじかい鼻でした。そのうえ、ゾウはらんぼう者で大ぐらいでした。

なにしろゾウは、だれよりも大きいので、だれよりも力があって、だれよりもよく食べます。ほかの動物たちが見つけてきた食べ物を力ずくで横取りして、ひとりでばっくばっく食べてしまうので、みんなにきらわれていたのです。

ゾウが、村の食べ物をぜんぶひとりじめしてしまうので、ほかの動物たちはこまってしまい、ある日、王さまライオンのもとに集まって相談しました。

「王さま、ゾウをこのままにしていたら、みんな、飢《う》え死にしてしまいます」

「なんとかゾウをこらしめる方法はないですか」

王さまライオンはいいました。

「では、人間のまねをして、縄《なわ》をあんでゾウにわなをしかけよう」

「それはいい考えだ」

「そうしよう、そうしよう！」


さっそく手先の器用なサルが、人間のまねをして、三日三晩《ばん》かけて縄をあみ、わなを作って、ゾウの通り道にしかけました。

ゾウはそんなこととはつゆ知らず、いつものように、パオー！　と大きな声を出しながらやってきて、村じゅうの食べ物を食べあさりました。

そして最後に、しかけてあったわなにかかって動けなくなってしまいました。


みはりのサルが出てきて、いいました。

「ゾウくん、きみはみんながはたらいて集めてきた食べ物を、毎日、力ずくで横取りして、ばくばく好きなだけ食べているけれど、そのかげでぼくたちがどれだけひもじい思いをし

GAYO TZ

ていたか、考えたことはあるかい？
きみがこの村にいると、みんな飢え死にしてしまう。だから、きみをこの木にしばったままにしていくよ、じゃあ、さようなら」

ゾウはおこってあばれました。でも、サルが作った縄はがんじょうでびくともしません。ゾウはだんだんおなかがへってきて、パオパオ、パオパオ泣きました。

ゾウが木にしばられて、三日目の夜のことでした。

パチパチパチという音で、ゾウが目を覚ますと、村のむこうが火事になっているではありませんか。

ゾウは、みんなに知らせようと、パオパオ〜、パオパオ〜！　とさけびました。

でも、らんぼう者のゾウのいうことなどだれも信じません。

ゾウは、これは大変だと、力のかぎり縄をひっぱって、逃《に》げようとしました。

すると、あらあらふしぎ、体をぐいっとひっぱるごとに、縄にくくりつけられた鼻がぐいんとのびました。

ぐいっ、くいん
ぐいっ、くいん
ぐいっぐいっ、くいん、くいん
ぐいっぐいっぐいっ、くいん、くいん、くいん……すっぽ～ん！

とうとうほそ長くのびた鼻が、縄からすっぽりぬけました。

でも、まだ体の方にしばられた縄からはぬけることができません。


火は、ゾウのすぐそばまでやってきました。

「たすけてー、たすけてー、ああ、もうだめだ、死んじゃうよー！」

ゾウがさけんだそのときです。

火消しのダチョウが、村の方からすごい勢いで走ってきて、縄をくいちぎってたすけてくれました。


ゾウはあわてて逃げようとしましたが、ダチョウは逃げません。

水たまりに体をひたし、自分の羽にたっぷり水をふくませると、両羽を広げてバタバタしながら、ぼうぼうもえている火に水をかけました。

もちろん、そんなことで消えるような火事ではありません。

それでもダチョウは、何度も何度も同じことをくり返し、たったひとりで山火事に立ちむかっていました。


ゾウはそんなダチョウの姿《すがた》を見て、じぶんも火事を消したい、いや、消さなければと思いました。

でもゾウには、ダチョウのように、水をたくわえられるようなりっぱな羽はありません。

ゾウは自分の大きな耳を、バタバタしてみました。

すると、火事は消えるどころか風にあおられて、もっと大きくもえてしまいます。

ダチョウがゾウの姿に気がついて、いいました。

「ゾウくん、きみのその長い鼻で水をくんできておくれ」

ゾウは、自分の鼻が長いなんていわれたことがなかったのでびっくりしたのですが、水辺にいくと、もっとびっくりしました。

鼻がだらりと長くぶら下がっている、いままで見たこともない顔が、水にうつったからです。

けれども、とにかくゾウは、ダチョウにいわれたとおりに、長い鼻で水をすってみました。すると、ぐいぐいたっぷり、水をすいあげることができるではありませんか！

ゾウは、長い鼻にふくんだ水を、もえさかる火にむかって、思いっきりプォ〜!!　とふきかけました。

すると、火がちょっぴり弱まった感じがしました。

「ゾウくん、その調子、もう一回、もう一回」

ゾウはダチョウにいわれて、もう一度、長い鼻に水をたくわえてプォ〜!!　とふきかけました。

すると、火はまたちょっぴり弱まった感じがしました。

ダチョウは羽で、ゾウは鼻で、朝までにいったい何度、火に水をふきかけたでしょうか。

やがて山火事は少しずつ弱まって、村まで火が飛ぶことはなく消えました。

ダチョウとゾウのたったふたりで山火事を消して、村を守ったのです。

つぎの朝、水辺に集まってきた動物たちに、火消しダチョウが、昨夜の山火事とゾウのかつやくを話しました。

それを聞いた動物たちは、口ぐちに、

「ゾウくん、村を守ってくれてありがとう」

といいました。


らんぼう者で、大ぐらいのゾウは、生まれてこのかた「ありがとう」なんていわれたことがなかったので、とってもうれしくなって、パオン、パオンとよろこびました。

そのうえゾウは、この長い鼻のおかげで、地面に生えた草から、高い木の上にあるくだものまでとれるようになったので、食べ物にもこまらなくなりました。

だから、だれかの食べ物を力ずくで横取りをしたりせずに、ほかの動物たちと仲良くくらせるようになりました。


そんなゾウのようすを聞いた王さまライオンが、ある日、ゾウを呼《よ》んでいいました。

「ゾウよ、その長い鼻で火事を消しとめたとは、よくやったぞ。

おまえに、この動物村の平和を守る役目を与《あた》える。これからはその長い鼻で、火事や村を荒《あ》らす悪いやつからみんなを守るのじゃ」

ゾウは、王さまライオンの言葉がうれしくて、長い鼻をほこらしげに高く上にあげて、パオ〜、パオ〜とこたえました。

らんぼう者で、きらわれ者だったゾウは、鼻が長くのびたその日から、みんなの役に立つ動物になったのです。

きょうの話は、これでおしまい。

ほしけりゃもってきな、いらなきゃ海にすてとくれ。

GAYO

8　ルウェンゾリ山の火と、ナイル川のカバ

ウガンダのお話

ザマニザカレ（むかしむかし）、カバと火は、大のなかよしでした。カバは毎日、火のところにいって、たくさんおしゃべりをして楽しくすごしていました。そのころのカバには、体にふさふさと毛がはえていました。

火は、ルウェンゾリ山の上に住んでいたので、カバは毎日山をのぼって火に会いにいき、日がくれるころに山を下りて、家に帰りました。

そのようすを見たウサギが、ある日、カバにいいました。

「友だちなんていっているけれど、火はカバくんの家に来たことがないじゃないか。友だちなら、おたがいの家にいくべきだろ。カバくんがおもっているほど、火はきみのことなんか友だちだっておもっていないのさ」

カバが、

「そんなことないよ。ぼくと火は親友だよ」

というと、ウサギは、

「そんなにいうなら、今度、火を家にさそってみなよ」

といいました。


つぎの日カバは、いつものようにルウェンゾリ山をのぼって、てっぺんにいる火に会っておしゃべるすると、帰りぎわにいいました。

「ねえ、明日はぼくの家においでよ」

火は、悲しそうにいいました。

「おまねきありがとう。でも、ぼくは、この山の上にいなくちゃいけないんだよ。ごめんね」

といいました。

カバが、

「そうか、それならいいや、じゃあ、明日も会いにくるよ」

といったので、火はほっとした顔でいいました。

YAPHIDU

「うん、明日もまっているよ」

カバが家に帰ると、ウサギがやってきていいました。

「どうだった？」

カバが、火は来ないことをいうと、

「やっぱり、火はきみのことなんか友だちだと思っていないんだよ」

といいました。

カバは、

「そんなことないさ、ぼくたちは友だちだよ」

といったものの、ウサギにいわれて、すこしだけ自信がなくなっていました。

ウサギは、

「それならつぎは、家に来なくちゃ友だちじゃないよっていってみなよ。そうすれば、ほんとうに友だちかどうかがわかるだろ」

つぎの日カバは、山をのぼって火に会いにいって、帰りぎわにいいました。

「ねえ、明日はきみが、ぼくの家においでよ」

火は、悲しそうにいいました。

「おまねきありがとう。でも、ぼくは、この山の上にいなくちゃいけないんだよ。ごめんね」

といいました。

カバは、

「いつだってぼくが山の上まで会いに来ているんだよ。一度くらい来たっていいじゃないか。明日ぼくの家に来なければ、もう友だちじゃいられないよ」

といったので、火はとてもこまった顔をしました。

そしてしばらく考えてから、こうこたえました。

「ぼくにとってたったひとりの友だちをなくすのはいやだ。わかったよ。明日は、カバくんの家にあそびにいくよ」

といいました。


カバはとてもよろこんで、つぎの日、山の上までむかえにいきました。

そして火はカバのうしろについて、山をおりていきました。

カバは、友だちの火が家にきてくれるので、うれしくってたまりません。

火も、生まれて初めて友だちの家にあそびにいくので、うれしくってたまりません。いつもよりも炎《ほのお》をあげながら、カバのうしろについていきました。


火が山をおりていくと、火がたどった道がぼうぼうもえて山火事がおきました。

そんなこととは知らないカバは、火を家にまねき入れました。

「火くん、ここがぼくの家だよ。さあさあ、入って入って」

そして、カバは家の中にいる家族に声をかけました。

「父さん、母さん、みんな、ルウェンゾリ山の上の火くんがあそびにきてくれたよ」

火はかんげいされたことがうれしくて、

「カバくん、ありがとう。おじゃまするよ」

といいながらカバの家に入った、そのときです。カバの家は、ぼうぼうもえだして、火事になってしまいました。

カバも、カバの家族もおおやけど。毛もはだもずるむけになって、いたい、いたい！

と泣きながら、ナイル川に飛び込《こ》みました。

YAPHIDU

火は、山火事をおこしたうえに、友だちに大やけどをおわせてしまった悲しさで泣きました。泣いて泣いて泣いて、とうとう自分のなみだで火事を消して、自分も消えてなくなってしまいました。

カバは、ウサギのいうことなんか聞かなければ、いまでも火と仲良しでいられたのにと、悲しくてくやしくて泣きました。泣くとなみだがやけどにしみて、いたくていたくて、また泣きました。

そのやけどがもとで、カバはいまでも体じゅうがつっるつる。体が乾《かわ》くとまだやけどのあとがいたむので、水の中に入ってはだをいたわるのです。

きょうの話は、これでおしまい。

ほしけりゃもってきな、いらなきゃ海にすてとくれ。

9　ちょうちょがとんだ日　キリマンジャロ山伝説

ハポ　ザマニザカレ（むかしむかし、あるところに）、小さなちょうちょがおりました。
むかしむかしのちょうちょには羽がはえていなかったので、この小さなちょうちょも飛ぶことはできず、地面でくらしていました。

ある年、大干《かん》ばつになって、川も池もからからに干上《ひ》がり、小さなちょうちょがすんでいたところも水がなくなってしまいました。

小さなちょうちょは、何日も何日も、歩いて歩いて、水をさがしました。

ずっと歩いていくと、大きな大きな山がそびえたっていました。

こんなに大きな山を、羽のない小さなちょうちょがこえることなど、とてもできません。

それでも、水をさがすためには、この大きな山をこえなくてはならないのです。

小さなちょうちょは、大きな山をこえるため歩きだしました。

ちょうちょの小さな体では、歩いても歩いても、いけどもいけどもいけども、山に近づくことすらできないぐらい、遠い遠い道のりでした。

とうとう、小さなちょうちょはつかれはててしまい、その場にたおれこんで、

「ああ、水が飲みたい」

といったきり、目をとじて、動かなくなってしまいました。

すると、そのときです。

ゴゴゴゴゴッ、ドドドドーン、ガガガーン！

大きな山が二つにわれて、ちょうちょの前に道があらわれたではありませんか！　大きな音で目をさましたちょうちょは、よろこんでその道を進んでいきました。

Helena

山のむこうがわには、うつくしい緑のサバンナが広がっていて、ちょうちょはやっと、きれいな水を飲むことができました。

ちょうちょは、久しぶりに水をたっぷりのんでおなかがふくれたので、見はらしのよさそうな木にのぼってみました。

下には、うつくしいサバンナが広がり、たくさんの動物たちが平和にくらしています。

いままでひとりぽっちだったちょうちょは、とてもうれしくなりました。

おなかがいっぱいになったちょうちょは、なんだかねむたくなってきて、そのまま木の上でねむりました。

そのうちに水がたっぷり入ったおなかがいたくなってきて、ねがえりをうったひょうしに木から落っこちて、ひどく腰《こし》を打ってしまいました。

いたたたた、いたたたた！

ちょうちょは腰がいたくて、起き上がることができません。

いたたたた、じたばたじたばた
いたたたた、じたばたじたばた

腰がいたくていたくて、じたばたもがいていると、もぞもぞもぞっと、せなかから、なにかがはえてきました。
そうです、ちょうちょのせなかから、美しい羽がはえてきたのです！

いたたたた、じたばたじたばた
いたたたた、じたばたじたばた
いたたたた、いたたたた
じたばたじたばた……

あらあら、ふしぎ。
いたくてもがいているうちに、ちょうちょは、いつのまにか空にうかんでいました。

空を自由に飛びながら見るけしきは、すばらしいものでした。

ちょうちょは、水が飲めなかった苦しさや体のいたみなどすっかりわすれて、ふわふわふわり、ふわふわふわりと、どこまでも飛んでいきました。

ちょうちょは、この日から、空を飛べるようになったのです。


このときに、われた山というのが、アフリカでいちばん高いキリマンジャロ山。

いまでも、キリマンジャロ山から見えるところにキボ山という山がありますが、むかしむかしは、この二つが一つの山だったといわれています。


きょうの話は、これでおしまい。

ほしけりゃもってきな、いらなきゃ海にすてとくれ。

Helena

10　カバとワニの友情物語

ハポ　ザマニザカレ（むかしむかし、あるところに）、動物の村がありました。サイ、ゾウ、バッファローなど、大きくて強い動物たちは、みんな仲良しでした。でもカバは、体は大きいのにおくびょう者で、だれになにをいわれてもだまっているので、大きい動物からもウサギやカメレオンといった小さな動物からも、バカにされていました。

ある日、動物たちが集まって、カバにむかっていいました。

「カバくん、体の大きな動物には、ライオンやチーターたちからほかの動物たちを守るという役目があるのに、きみはよわむしすぎてその役目を果たせない。だから、きょうかぎり、この村から出ていっておくれ。

でも、夜だけは草を食べにきてもいいよ」

カバはいい返すこともできず、小さな声で「はい」といって、とぼとぼと歩きだしました。とはいうものの、村を出ていったいどこにいけばいいのでしょうか。

カバがあてもなく歩いていくと、水辺でワニに会いました。

ワニが、

「カバくん、どこにいくんだい？」

と聞くと、カバはこうこたえました。

「いくあてはないのですが、わたしは役に立たない動物だから、昼間は村のあるサバンナから出ていかなくちゃいけないのです」

ワニは、

「それなら水の中にいればいいじゃないか。水の中は気持ちいいよ。なんにもしなくっていいし、気楽だぜ」

といいました。

カバは、

「でもぼくは泳げないし、水に入るのはこわいです」

といいました。

ワニは、

「じゃあ、おれと友だちになってくれたら泳ぎを教えてやるよ。それに水の中では、おれが守ってやるさ」

といったので、よわむしカバは、

「はい、ワニさんと友だちになります。ぜひ泳ぎを教えてください。守ってください」

といいました。


ワニは、顔を水につけることからていねいに教えてくれたので、カバはすぐに泳げるようになりました。そしてカバは泳げるようになると、家族もつれてきて自分で泳ぎを教えました。


ある日カバは、たくさん泳いでおなかがへったので、ワニのまねをして水の中で魚を食べようとしました。

すると、ワニがすごいけんまくでおこってこういいました。

「こら！　おれさまの魚を食うとはなにごとだ。水の中に住んでいいとはいったけど、水の中の魚を食っていいとはいわなかったぞ」

カバは、

「すみません、もう魚はとりません」

といいました。

とはいうものの、カバはおながかへってたまりません。カバの子どもたちも、おなかがへって泣き出しました。

そこでカバは、今度もワニのまねをして、水辺を通りかかったインパラに食いつきました。

すると、ワニがすごいけんまくでおこっていいました。

「こら！　おれさまのインパラを食うとはなにごとだ！　水の中に住んでいいとはいったけど、通りかかる動物を食っていいとはいわなかったぞ」

カバは、

「すみません。もう水の中の魚も、通りかかる動物も食べません」

といいました。

ワニは、

「いいか、この水の中の魚も水辺を通りかかる動物も、ぜんぶ、このおれ、ワニさまの食べ物だ。

おまえは、夜のうちに家族をつれて、サバンナにいって草を食ってくるんだな。それが守れないいなら水辺から出ていってもらうぞ」

よわむしカバは、おとなしく「はい」といいました。

そんなわけで、カバは、昼間はごろごろとなにも食べずに水辺で時間をつぶして、夜になると家族で陸に上がって、草を食べにいくようになったのです。

カバ自身は、こうしてくらせばラクだし争いごともないしで、この水陸半々の生活がたいそう気に入っているそうですよ。

きょうの話は、これでおしまい。

ほしけりゃもってきな、いらなきゃ海にすてとくれ。

11　ダウ船は、ニワトリから

ハポ　ザマニザカレ（むかしむかし、あるところに）、ヌフという男がおりました。ヌフが生まれたころは、まだこの世に海というものがなく、人間はどこにでも歩いていくことができました。

あるとき、ヌフの住んでいたところに、三日三晩《ばん》大雨がふりました。四日目の朝になって、やっと晴れたので、ヌフが外に出てみると、大きな大きな虹《にじ》が空にかかり、その下には、大きな大きな水たまりができていました。

この水たまりは大きくて深くて、とても人間の力ではわたることができない巨大《きょだい》なものでした。そしてその水たまりの水は、とっても塩からかったのです。

人びとが途方にくれていると、ヌフに神さまからのお告げが下りました。

「ヌフよ、お前にはこの大きな塩からい水たまり『海』をわたる道具『船』を造る才能を与《あた》えよう」

しかしヌフには、船という言葉も海という言葉も初めてで、どうしていいかさっぱりわかりません。ヌフはこまって一心に祈《いの》りをささげました。

「偉大《いだい》なるアラーの神さま。船とはいったいどんなものですか？

わたしはどうやったら船を造ることができるのですか？　どうか教えてください」

すると、ふたたび神さまの声がヌフの心に響いてきました。

「にわとりを一羽しめて、ふたたび祈れ。されば『船』というものが、必ずやお前にわかるだろう」

ヌフは、さっそくにわとりを一羽、神の名のもとにしめ、祈りをささげながら解体していきました。首を切り取り血をぬき取ったあと、いつもどおり、羽をぬいて胸《むね》の部分から真っ二つに切断したところで、ヌフははっとひらめき、にわとりの骨《ほね》組みをじっと見つめました。

背骨《せぼね》、あばら骨、首の骨、翼《つばさ》……。

ヌフは、翌日《よくじつ》からまる一週間、不眠不休《ふみんふきゅう》で丸太をけずり、組み合わせ、とうとうたったひとりで船というものを造りあげました。

ヌフが造った船というものを、塩からい巨大な水たまりである海にうかべてみると、ちゃんとうかぶではありませんか。大勢の人が、大よろこびで乗り込《こ》んでも船は沈まず、三角の帆《ほ》に風が当たると、するすると動き出しました。

すべては神さまのお告げどおりでした。しめたにわとりを見ていたら、にわとりの骨組みと同じように木を組み合わせていけば、船というものができるということがヌフにはちゃんとわかったのです。

だから、いまでも、ダウ船のしくみは、にわとりの骨組みといっしょ。にわとりの背骨が船の土台になるいちばん下の太い柱、あばら骨がマタルマとよばれるカーブした木、首の骨が船のいちばん前の部分。尾っぽが舵《かじ》、そして翼が帆なのです。

神さまは、ヌフだけでなくだれにでもなにかの才能を与えてこの世に送り出してくださっています。商売の才能をもって生まれてくる人、家畜《かちく》飼育に長《た》けている人、学問に秀でている人、農作物を育てる才能をさずかった人、なかには動物の声を聞き分ける才能を与えられた人までいます。

あなたは、自分に与えられた才能を、見つけることができましたか？
きょうの話は、これでおしまい。
ほしけりゃもってきな。いらなきゃ海にすてとくれ。

12　なぞなぞひめ

ハポ　ザマニザカレ（むかしむかし、あるところに）、なぞなぞが大好きなおひめさまがおりました。

おひめさまがお年ごろになったので、王さまがおむこさんをさがして結婚《けっこん》させようとしたのですが、おひめさまは、こういいました。

「お父さま、わたくしはじぶんよりもなぞなぞが強い人があらわれるまで、ぜったい結婚しませんことよ」

王さまは、このおひめさまがたいそうかわいかったので、いうことを聞いて国のあちこちにこんな立てふだをたてました。

お城《しろ》からのおしらせ
なぞなぞじまんの男たちよ、城にあつまれ
ひめになぞなぞで勝った者は、ひめと結婚して
ゆくゆくは国王になることができる
ただし、負けた者はその場で首を切る

翌日《よくじつ》から、お城は、国じゅうのなぞなぞじまんでいっぱいになりました。

ひめとなぞなぞじまんの男たちとの対決

一番めのなぞなぞじまんがいいました。

「ひめ、まいりますぞ。ドアのない家って、なーんだ？」

おひめさまは、かるがると答えました。

「ほっほっほっ、そんなものたまごに決まっておるでしょう。そんななぞなぞは赤んぼうでも答えられますわ。

それでは、今度はわたくしからまいりますぞ。

せまい部屋に、人がいっぱいいって、なーんだ？」

なぞなぞじまんの男は、生まれて初めて「むむむ……」とうめきました。そして、冷やあせを流していっしょうけんめい考えました。

「む、むむむむ……あっ、わかった。ほうきだ！」

「ほうきは部屋の中に入っておらぬわ。答えはマッチじゃ」

「うーむ、やられた」

男は、首を切られて城のうらにすてられてしまいました。


つぎのなぞなぞじまんが、おひめさまにいどみました。

「ひめ、まいりますぞ。かくれんぼがじょうずな動物って、なーんだ？」

「ほっほっほっ、そんなの、色が変わるカメレオンに決まっておろう。

それでは、今度はわたくしからまいりますぞ。

矢はもっているのに、弓がなくて狩《か》りができない動物って、なーんだ？」

二番めのなぞなぞじまんの男も、生まれて初めて「むむむ……」とうめきました。そして、冷やあせを流していっしょうけんめい考えました。

「む、むむむむ……だ、だめだ、どうしてもわからない。降参です。ひめ、どうか答えを教えてください」

「なんじゃなんじゃ、もう降参か。答えははりねずみじゃ」

「うーん、まいった」

男は、がっくり肩《かた》を落としました。


またべつのなぞなぞじまんがやってきました。

「ひめ、まいりますぞ。国民も家来もいない王さまって、だれのこと？」

おひめさまは、かるがると答えました。

「ほっほっほっ、そんなもの動物の王さま、ライオンに決まっておるでしょう。そんななぞなぞは赤んぼうでも答えられますわ。

それでは、今度はわたくしからまいりますぞ。

いつも絵を描《か》いているのに、自分の絵をみたことのない画家って、だれのこと？」

三番めのなぞなぞじまんの男も、生まれて初めて「むむむ……」とうめきました。そして、冷やあせを流していっしょうけんめい考えました。

「む、むむむむ……だ、だめだ、どうしてもわからない。降参《こうさん》です。ひめ、どうか答えを教えてくださ い」

「なんじゃなんじゃ、こんななぞなぞもわからないなんて。答えはかたつむりじゃ。かたつむりは、いつだって体から液《えき》をだして、絵を描きながらはいずっておろうが」

「うーん、まいった」

この男も、がっくり肩を落とすと、すぐに殺されてしまいました。

まずしい村の青年ボザ

こんなふうに、おひめさまはかたっぱしからなぞなぞじまんの男たちをうちまかせてしまうので、なかなか結婚のお相手がきまりません。

そこで王さまは、国のすみずみにまでお城からのおしらせがとどくように、たくさんの鳥におふれを書いた紙をつけて放しました。


この国のいちばんはしっこに、たいそうまずしい村がありました。

この村は雨がほとんどふらないので、畑からとれるものも少なく、村人たちは、三日に一度食事にありつけるかどうかというようなまずしいくらしぶりでした。

その村にはボザという青年がいました。ボザは小さいころからかしこくて、村の作物が少しでも多くとれるよう、タネをまく時期を工夫したり雨をためる池をほったりして村のためにつくしていたので、村人たちからしたわれていました。

そのうえ、なぞなぞでは一度だって負けたことがないのに、それをじまんしたことはありませんでした。

そんなボザのいる村にも鳥につけられた王さまのおふれがとどき、ボザはそれを読んで、お城にいくことにしました。

といっても、ボザの村からお城のある町にいくまでには、たくさんの動物がくらす広いサバンナをとおっていかなくてはなりません。サバンナには、ライオン、チーター、バッファロー、ゾウ、キリン、ダチョウなどなど、たくさんの動物たちがすんでいます。それにサバンナを通ったら、ときにはライオンにおそわれる危険《きけん》だってあります。だからその村の人は、それまでだれもお城のある町にいったことはありませんでした。


それでも、ボザは勇気を出して、動物たちのたくさんいるサバンナを歩きだしました。三日もあれば町に着けるだろうと思って村を出ましたが、サバンナはとても広くて、まる三日歩きづめに歩いても、まだまだつづいています。一週間たっても、ボザのまえには、見わたすかぎりのサバンナが広がっていました。

村を出るときに一週間分の水と食べ物を用意していましたが全部なくなってしまい、そこからはなにも食べず、ただただ自分の汗《あせ》を飲みながら歩いていきました。

城にたどりついたときは村を出てから三週間もたっていたので、ボザは飢《う》えとつかれでぼろぼろになっていました。

おひめさまは、ボザの姿《すがた》をみてこう思いました。

「まあ、なんてよれよれのきたない男なのでしょう。これでわたくしと結婚しようなんてずうずうしい。でもまあいいわ、どうせわたくしのなぞなぞに答えられるはずなどないのだから」

おひめさまは早くボザをおっぱらってしまおうと、ボザのなぞなぞも聞かないで、自分からなぞなぞをはじめました。

「あなたはあっちから、わたしはこっちからまわって、おじさんの家で会おうって、なんのこと？」

まだ一度もとかれたことのない得意のなぞなぞを出しました。すると意外なことにボザは、

「はっはっはっ、ひめさま、そんなの簡単《かんたん》簡単、答えはズボンにとおすベルトでしょう」

とかるく答えました。

おひめさまはくやしがって、すぐにつぎのなぞなぞを出しました。

「わらっておられるのもいまのうちじゃ。うそつきなくだものって、なーんだ?」

「はっはっはっ。これはまた簡単ななぞなぞだ。ドリアンでしょう。ドリアンは、においが強くて、となり近所までにおいがとどいてしまうから、いったいどの家で食べているのかわからないですからね」


ボザがまたいとも簡単にといてしまったので、おひめさまは歯ぎしりをしてくやしがると、つぎからつぎへとなぞなぞをだしました。

「あっちでガシュッ、ズルッ、こっちでもガシュッ、ズルッとはこれいかに?」

「さとうきび」

(さとうきびを食べるときはガシュッとかじって、ズルッと汁《しる》をすって飲むから)

「ちょっと目をはなすともうちびってる、おもらしばかりしているのは、だーれだ?」

「氷。氷は、すぐに溶《と》けてきますからね」

YAPHIDU

「暑い、冷たい、気持ちいい、強い、弱い、ぜんぶ感じるのに見えないものは、なーんだ？」

「風。風がふくと、体のあちこちにあたって感じるのに、姿は見えないですからね」

「神さまがくださった、お金のかからない明かりって、なーんだ？」

「太陽と月。昼はお日さまのおかげで明るくて安全だし、夜も月がある日は歩けます。お金もかからず、ありがたいですね」

「シマもようが大好きな動物は、なーんだ？」

「シマウマ」

「お父さんは家の中でお休みちゅう、ひげだけ外で風にふかれているってなんのこと？」

「とうもろこし。とうもろこしの実は皮の中にくるまっているのに、ひげだけ外に出ていますからね」

「大きな家にひとりぼっちとは、これいかに？」

「墓《はか》」

「人は、神さまのコップからお水をくんでいますって、なんのこと？」

「井戸《いど》」

「ベッドの上に、マチチャ☆をこぼしちゃった、とは、これいかに？」

「夜空、星がいっぱい！」

「ごはんの前に、みんなを泣かせるのは、だーれだ？」

「けむり。まきでごはんをたくと、けむりが出てなみだが出ますからなあ」

「みんなが山登りにいくのに、ひとりだけいかないというのはだれ？」

「水。低い方にしか流れられない水は、山に登ることはできませんからな」

「根っこもないのに、切っても切ってものびてくる、それなのに、花がさかないものって、なーんだ？」

「つめ」

「旅行から帰ってきたら、マラカスの音が聞こえました、これは、なんのことでしょう？」

「フィウという豆のことですな。フィウ豆は日がたって乾《かわ》くと、しゃらしゃらときれいな音がしますからね」

「見れば見るほど信じられないものって、なーんだ？」

「鏡にうつったじぶんの顔。だれもが、自分はもっと美しいはずと思っておりますからな」

おひめさまは、自分のなぞなぞを全部ボザにとかれると、がっくりと床にへたりこんでしまいました。

ボザのなぞなぞ

そこで、ボザがおもむろにこういいました。

「では、ひめ、今度はわたしからまいりますぞ。わたしは三週間かかって、自分の村からサバンナをとおって町に来ました。そのうちの二週間は、井戸水でも雨水でも川の水でも海の水でもない水を飲んでこの城にたどりつきました。わたしはどんな水を飲んだのでしょう」

おひめさまは、生まれて初めて、なぞなぞがむずかしくて「むむむ……」とうなりました。そして、考えに考えてもわからないので、だんだん、息が荒《あ》くなってきました。

「井戸水でも雨水でも川の水でも海の水でもない水を、人が飲むことができようか。それに、井戸水でも雨水でも川の水でも海の水でもない水とはいったいなんじゃ、むむむむ……」

そしてついに、

「降参じゃ、どうしてもわからない。ボザよ、おねがいだから、そのなぞなぞの答えを教えておくれ」

といいました。

ボザは、それを聞くと、やさしい声でいいました。

「ひめ、わたしは、サバンナのとちゅうで食料がなくなってからは、なにも食べず、ただ自分の汗を飲みながら、あなたに会うために歩いてきたのです」

おひめさまはびっくり。

「えっ、汗をのんだじゃと？」

「なに不自由なく育ったひめにには、食べる物も飲む水すらない者の気持ちなどわからないでしょうな。でも、まずしくても、ひもじくても、人はみんな、いっしょうけんめい生きているんです。そして、死ぬか生きるかのときには、じぶんの汗だって飲めてしまうものなのですよ」

そして、ボザは、

「それから、なぞなぞというものはひめさまのように人を打ち負かせるためにするものではありません。人といっしょにたのしみながら、たがいに知恵をつけるためにするものです。

わたしは、それをひめに伝えたくてきました。だからわたしは、ひめになぞなぞで勝ったからといって、結婚して国王になりたいとは思っていません。では、これで村に帰ります。

ごきげんよう。さようなら」

こういって、帰ろうとしました。

おひめさまは、なぞなぞが強いのに、決してじまんしないボザが好きになっていたので、いっしょうけんめいひきとめました。でも、ボザは、

「でも、国のいちばんはじっこにあるわたしの村の仲間たちが待っています。まずしい村だから、わたしがいないとみんな飢えてしまうので帰ります」

といいました。

ボザとひめのやりとりをきいていた王さまも

「ボザくん、ボザくん、ぜひきみのなぞなぞをとく頭の良さと、まずしい人の気持ちもわかるやさしい心で、この国をおさめてほしい。そうすれば、きみの村の生活もきっとよくなるだろう」

とひきとめました。

こうしてボザは、なぞなぞひめと結婚し、国王になってからは、戦もなければ飢えることもない、平和な国を築いたそうです。

きょうの話は、これでおしまい。

ほしけりゃもってきな。いらなきゃ海にすてとくれ。

☆　マチチャ……ココナッツの実をけずったもので、白い。

13　歌うシャターニ

ハポ　ザマニザカレ（むかしむかし、あるところに）、シモンジャというおてんばむすめがおりました。

シモンジャは、父さんからシャターニ（妖怪・精霊）の森にいってはいけないよといわれていたのに、いうことをきかないで森に入っていきました。

そして、シモンジャは、家に帰ってこなかったのです。

シモンジャの父さんは、家に帰ってこないむすめを心配して、シャターニの森にさがしにいくことにしました。

ウサギに呪文《じゅもん》をかけるシャターニ

シモンジャの父さんが森にはいっていくと、ウサギと話しているシャターニがおりました。

よく見ると、シャターニはウサギの耳をひっぱって、ウサギに呪文をかけていました。

「むにゃむにゃむにゃ、

ウサギよウサギ、おまえはだれよりもかしこいし、すばしこい。

おまえこそが、動物の王にふさわしい。

ライオンなんて、おまえの知恵にかかったら、いちころじゃ。

いますぐライオンをしとめて、皮をはいでもってこい。

そうしたら、お前を動物国の王にしてやろう」

呪文をかけられたウサギは、その気になってぴょんぴょんとんで、ライオンをさがしにいきました。

シモンジャの父さんは、

「おおこわ、とうぶんウサギには近づかないでおこう」

といって先を急ぎました。

109　歌うシャターニ

サルの呪術師《じゅじゅつし》

シモンジャの父さんがシャターニの森に入ってしばらくいくと、カラスと話しているサルの呪術師がいました。

ゾウにいじめられたカラスが、泣きながらサルの呪術師にいっていました。

「くやしいくやしい、ゾウは、わたしが小さなカラスだと思ってばかにするのです。サルの呪術師さん、わたしにゾウを持ちあげるだけの力をください。そうしたら、ゾウを遠い遠いキリマンジャロ山のむこうに運んですてきてしまいますから」

サルはなにやら呪文をとなえながら、カラスの羽に水をふりかけました。

するとカラスは大きなゾウを持ちあげて、山の反対がわに連れていってしまいました。

シモンジャの父さんは、

「おおこわ、サルにもカラスにも近づかないでおこう」

といって先を急ぎました。

歌うシャターニ

シモンジャの父さんがもっと森のおくに入っていくと、なんだか遠くからとっても楽しそうな歌声がきこえてきました。

♪シャターニ、シャターニ、ランラララーン
シャターニは歌うよ、ランラララーン
みんなで歌うのは、楽しいぞ
みんなで歌うから、楽しいぞ♪

♪だから、おいで、シャターニの森に
歌って歌って、死ぬまで歌おうぜ
シャターニ、シャターニ、ランラララーン
シャターニと歌おう、ランラララーン♪

それはそれは、むずむずとおどりだしたくなるような歌声だったのですが、父さんはおどりだすのをがまんしました。だって、父さんにはすぐにわかったのです。その歌声がシャターニのものだってことが。

そしてその歌声のなかに、シモンジャの声もまじっているのを聞きつけると、父さんは大急ぎで走っていきました。

するとシャターニが、歌いながら歩いており、シモンジャはシャターニのカゴの中に入れられていました。

カゴから出して食べられてしまったら、もう最後、シモンジャも歌うシャターニの一部になってしまいます。

父さんは、ようすをみはからって、歌うシャターニのしっぽをバサッと切りました。すると歌うシャターニは、へろへろとしぼんで、死んでしまいました。

父さんは、カゴの中からシモンジャを助け出して、家につれて帰りました。おてんばシモンジャも、よほどこりたのでしょう。

その日から、シャターニの森には、一歩も入らなかったそうです。

きょうの話は、これでおしまい。

ほしけりゃもってきな、いらなきゃ海にすてとくれ。

113　歌うシャターニ

14　シャターニに育てられたむすめ

あくまにさらわれた赤んぼう

ザマニザカレ（むかしむかし）、ペンバという島に、産み月（出産予定の月）に入った女がおりました。

ペンバ島ではむかしから、産み月になった女は、森に入ってはいけないという言い伝えがありました。それなのに、その女は料理に使うたきぎがなくなってしまったので、森にいってしまいました。

女は、たきぎを拾おうと腰《こし》をかがめたひょうしに、産気《さんけ》づいて、そのまま森で女の赤んぼうを産み落としました。一〇回目のお産だったので、なんとかひとりで産みおえましたが、ほっとした女はつかれきって、そのまま赤んぼうをだいてねむってしまいました。

しばらくして女が目を覚ますと、うでのなかにいたはずの赤んぼうがいません。

女は泣きながら赤んぼうをさがしまわりましたが、とうとう赤んぼうを見つけることはできませんでした。とぼとぼと歩いて家に帰ると、夫に、森で赤んぼうを産んだけれどねむっているあいだにいなくなってしまった、と泣きながら伝えました。

夫は、

「お前が産み月なのに森に入るから、こんなことになったんだ。

赤んぼうは、森のシャターニに連れられていったにちがいない。もういまごろは、シャターニに食われてしまっているだろうよ。

それもこれも、みんなお前のせいだぞ」

となじったので、女は目が溶《と》けるほど泣きました。

夫は、あまり女房が泣きつづけるので、

「かわいそうな赤んぼうには、ビホラレという名前をやって、死者への祈《いの》りを唱えてやろう」

と少しやさしくいいました。

そんなわけで、シャターニに連れ去られたビホラレは、もうこの世にいないものと思われて、死者への祈りをあげられました。

赤んぼうをだくシャターニ

それから三月《みつき》ほどたったある日、牛飼いの兄弟が川に牛を連れていきました。牛を川に入れて、牛の背《せ》をこすろうとした、そのときです。森のおくから、赤んぼうの泣き声が聞こえてきました。

「兄ちゃん、いま、赤んぼうの泣き声がしなかった？」

「やっぱりお前も聞こえたか。おれも、はっきり赤んぼうの泣き声を聞いたよ」

「ねえ、三月前にいなくなったっていう赤んぼうじゃないかい？」

「そんなばかな。生まれたばかりの赤んぼうが、三月もひとりで生きていられるわけがないじゃないか」

とはいったものの、兄もやっぱり気になって、兄弟そろって、赤んぼうの泣き声がする森に入っていきました。

すると、大きなマンゴーの木の上で、シャターニが人間の赤んぼうに、おっぱいをやっていました。

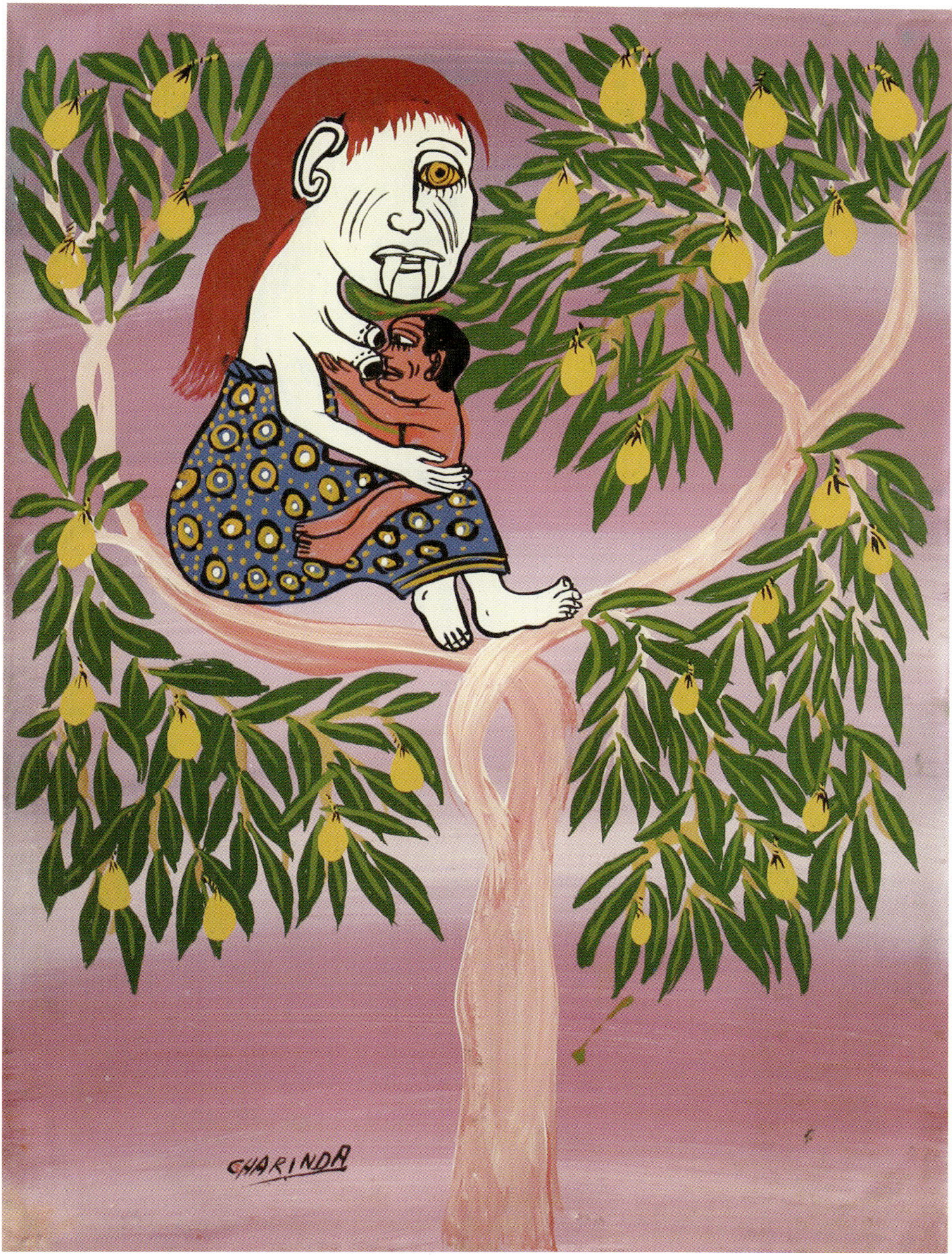
CHARINDA

シャターニは色が真っ白で、真っ赤な髪《かみ》を腰までたらし、口からは大きな長い歯が二本突き出ておりました。顔には大きな目がひとつしかなく、そのうえまぶたは上下に動くのではなく、左右に開いたり閉《と》じたりしていました。そうかと思うと、つぎの瞬間《しゅんかん》には牛の顔になり、ロバの顔にもなりました。

あまりの恐《おそ》ろしさに、弟が悲鳴をあげそうになったのを、兄がかろうじて口をおさえてとめると、二人ともいちもくさんに村へ逃《に》げ帰りました。

氷になった男たち

村の男たちは、牛飼いの兄弟の話を聞くと、

「その赤んぼうは、シャターニにさらわれたビホラレにちがいない」

といって、すぐに、弓矢やパンガ（蛮刀《ばんとう》）、鍬《くわ》などを持って森にむかいました。

男たちが森に入っていくと、今度は、高い高いマンゴーの木のてっぺんで、シャターニが赤んぼうをあやしていました。

男たちは、牛飼いの兄弟からその姿《すがた》について聞いていたので、かろうじて恐ろしさをおさえ、だれも悲鳴をあげませんでした。

村いちばんの弓の名人が、きりきりと弓を引き、シャターニにむかって矢を放とうとした、その瞬間のことです。

弓の名人は、まさに矢を射《い》る格好のままカチカチに凍《こお》ってしまいました。

そばにいた男がびっくりして、弓名人に近づき、

「おい、だいじょうぶか」

と手をかけると、その瞬間に、その男もカチカチに凍ってしまいました。

今度は、そのとなりにいた男がびっくりして、

「おい、だいじょうぶか」

と手をかけると、その男もカチカチに凍ってしまいました。

つぎの男も、またそのつぎの男も凍りつき、とうとう村の男たちはみーんな連なって、カチカチに凍ってしまいました。

村では、女たちが男たちの帰りを待っていましたが、夜になってもだれも帰ってきません。

つぎの日の朝になっても、だれひとり帰ってきません。

心配になった女たちは、みんなでおいおい泣きました。でも、泣いていてもしかたあり

CHARINDA

ません。産み月の女だけを残して、女たち全員で男たちをさがすため、森に入っていきました。

森のいちばん大きなマンゴーの木の下に来ると、女たちはいっせいに悲鳴をあげました。なにしろ村の男たちが、みんなカチカチに凍りついていたのですから。

女たちは、てっきり男たちが死んでいるものと思い、金切り声を上げながら、それぞれの夫にしがみついて泣きました。

「あんた〜、あんた〜、どうか死なないでおくれ」

「あんた〜、あんた〜、どうか息をしておくれ」

「あんた〜、あんた〜、どうか生き返っておくれ」

すると女たちの熱いなみだで、カチカチに凍っていた男たちの体が溶《と》けていき、元どおり動けるようになりました。

男たちは溶けて動けるようになると、恐ろしいシャターニの姿を思い出してふるえあがり、大あわてで森から逃げ帰りました。

男たちが必死で走って逃げるので、女たちはわけもわからないままあわてて男たちのあとを追いかけて、その場から逃げました。

みなが村に帰ると、村の長老がこういいました。

「お前たちが見たのは、たしかにシャターニとビホラレだ。だが、ビホラレは、シャターニに連れていかれたのなら、わしたち人間にはもうどうしようもない。これからはビホラレを見ても、村に連れもどそうとしてはならぬぞ。

もう、ビホラレのことはあきらめるのじゃ」

村人たちは死ぬほど怖いめにあったばかりだったので、長老の意見に逆らう者はひとりもなく、それからは、森のなかでビホラレの泣き声や笑い声を聞いても、決してさがそうとはしませんでした。

一〇カ月もすると、ビホラレの声は、ぴたりと聞こえなくなってしまいました。

村人たちは、ビホラレもとうとうシャターニに食べられてしまったか、とうわさしましたが、いつしかわすれていきました。

森のなかのむすめ

それから一七年の年月がたちました。

ある日、村の男がたきぎ取りに夢中になって入った森のなかで、美しいむすめが、大きなヘビに巻《ま》きつかれて、悲鳴をあげているのにでくわしました。

あまりのことに腰がぬけて、男がそのまま動けないでいると、むすめはなんとかヘビから逃げて川辺にいったとたん、今度はワニにおそわれたので、男はてっきりむすめがワニのえじきになったと思い、ぎゅっと目をつぶりました。

男がおそるおそる目をあけてみると、もっと恐ろしい光景が目に飛び込《こ》んできました。ワニの背《せ》中にまたがり、川に手を突っ込んだむすめの両手がするするとどこまでものびて、魚をわしづかみにしたのです。魚をつかんだ手は、今度は、するするとちぢんで、元どおりの長さにもどりました。

男は、そんなばかなことがあるわけがない、自分の見まちがいだと思って、もう一度むすめの手元をよく見てみましたが、やっぱり同じでした。

そしてむすめは岸にあがると、いまとったばかりの魚を、生のまま頭からばりばり食べはじめました。

実はこのむすめこそが、一七年前、シャターニにだかれていた赤んぼうのビホラレでし

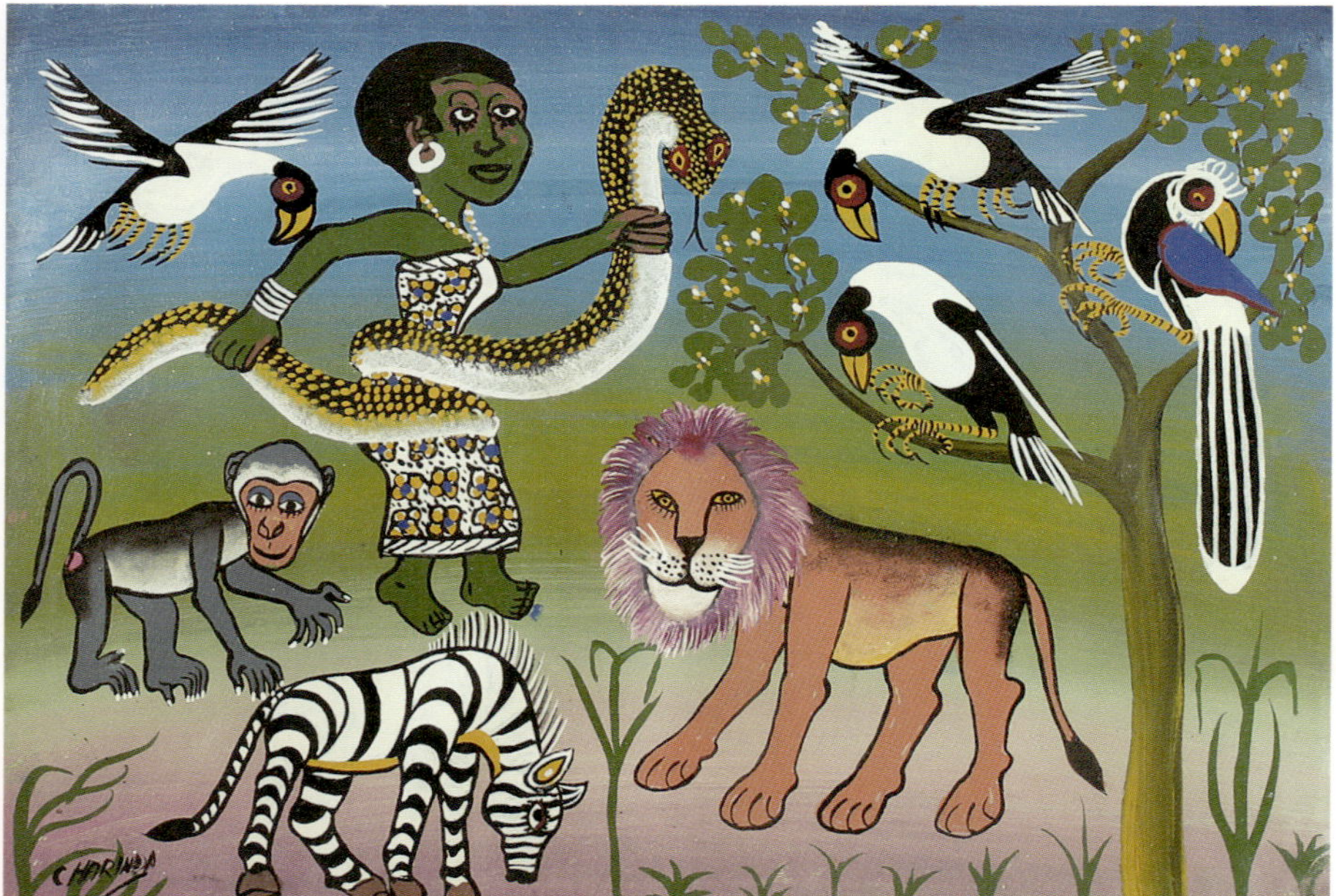

た。そうです、ビホラレは生きていたのです。

ビホラレは、赤んぼう時代をシャターニとすごし、その後は森の動物たちとくらしていました。そのおかげで動物の言葉がわかったので、動物はみんなビホラレの友だちでした。あるときはサルと、あるときはヘビと、あるときはライオンといっしょに遊び、いっしょに飯を食べ、いっしょのねどこでねむりました。

男から見ると、ヘビがむすめの体に巻きついているようだったときも、じつは楽しく遊んでいたのでした。そしてヘビと遊ぶのにあきたビホラレは、川に入ってワニと遊び、魚をとって食べていたのです。

もちろん、男にそんなことがわかるわけがありません。男は恐ろしさでがくがくふるえながら村へ逃げ帰りました。

村にもどった男からこの話を聞いた長老は、すぐにビホラレのことを思い出しました。

「おまえが森で見たのは、一七年前にシャターニに連れ去られたビホラレじゃろう。シャターニに育てられるなかで、動物の言葉や手をのばしたりちぢめたりする術を習ったにちがいない。

だがビホラレは、なにも人間に悪さするわけではない。そのまま森でくらさせてやれ」

しかし、一七年前にはまだ子どもだった村の若者《わかもの》たちは、あのときビホラレを取り返そうとして、シャターニにいどんだ男たちがどんな怖いめにあったかを知らないので、長老の言葉にしたがいません。

「いや、ビホラレを生け捕《ど》りにしていろいろ聞き出せば、シャターニの手口がわかって、おれたち人間がシャターニに勝てるようになる」

「一七年前には、昼間にいって失敗したのだから、今度は夜にいけばいいのさ」

「そうだそうだ、シャターニに育てられたビホラレをひっとらえよう」

若者たちにあおられたほかの男たちも、ビホラレを生け捕りにするという考えに興奮《こうふん》し、口ぐちに長老に反対しました。

男たちの勢いに圧倒された長老は、自分の身の危険《きけん》を感じて、とうとうビホラレを生け捕ることを許してしまいました。

生け捕りにされたビホラレ

つぎの日の夜、男たちは総出で、手に手にランプと食料のゆで芋と干《ほ》し魚と水を持って、森にむかいました。

男たちは、暗い森に入ると、洞穴《ほらあな》という洞穴をくまなくさがし歩きました。洞穴で寝ていた動物たちは、静かな夜に突然やってきた人間たちにおどろいて逃げる間もなく、みんな殺されてしまいました。

明け方近くなって、森のおくの洞穴でふるえているビホラレを見つけると、男たちは縄《なわ》できつく縛り、イボイノシシでも運ぶように生きたままのビホラレを棒《ぼう》にぶらさげて、歓声を上げながら村に帰りました。

ビホラレは小さいころから、自分によく似た人間たちの姿を見かけるたびに友だちになりたいと思っていたのですが、自分の姿を見た人はみな、悲鳴をあげて逃げていくので、いつもさびしく思っていました。そのうえ初めて近寄ってきた人間たちが、突然、自分を縄で縛って棒にぶらさげていくので、悲しくて悲しくて、泣きました。

村につくと、男たちは、ビホラレを長老の家の空き部屋に閉《と》じ込《こ》め、縄をきつくしめなおしました。

ビホラレは、人間の言葉で、

「おねがい、わたしを殺さないで」

といいました。

男たちは、にやにやしながらこういいました。

「殺すものか。お前を殺しちまったら、シャターニの手口がわからなくなっちまうからな」

男たちは、シャターニに育てられたビホラレをひとめ見ようと集まってきた女たちを、

「明日の朝、ゆっくり見せてやるから、きょうは帰れ」

といって追い返すと、もう一度ビホラレの部屋にいって、さらに縄をきつくしばりなおしてからそれぞれの家に帰りました。

つぎの日、男たちがビホラレの部屋にいってみると、ビホラレはどこにもおらず、べっとり血のついた髪の毛だけが残っていました。

長老はそれを見ると、こういいました。

「かわいそうに。ビホラレは、とうとうシャターニに食われてしまったんじゃ。

シャターニは、自分のひみつをばらす者を生かしてはおかない。たとえ、手塩にかけて育てた子であってもな。

しかしまあ、どちらにしてもビホラレは、早かれ遅《おそ》かれシャターニに食われる運命じゃったのだろうよ」

ペンバ島☆にはいまでも、ビホラレがそのときに閉じこめられた部屋が残っています。でも村人たちは、「シャターニの部屋」と呼《よ》んで、決してだれも入ろうとしないのです。

きょうの話は、これでおしまい。

ほしけりゃもってきな、いらなきゃ海にすてとくれ。

☆ ペンバ島……ザンジバルは、ウングジャ本島とペンバ島という二つの島で成っている。

15　くさいのは、だあれ？　ムニャパとチクエペ

くさいけもの、ムニャパ

ハポ　ザマニザカレ（むかしむかし、あるところに）、ムニャパというけものがおりました。

ある日ムニャパは、りょうしに生け捕《ど》られて、りょうしの家につれてこられました。

りょうしのおくさんは、ムニャパを食べるため、まず水であらってから殺そうとしたのですが、あらってもあらっても、くさいにおいがとれません。

このまま殺してシチューにしても、肉がくさくて食えないだろうと思ったおくさんは、ムニャパを木の枝にしばりつけて、火であぶって、干《ひ》ものにしようとしました。

干ものになるまでには時間がかかるので、おくさんはたきぎ拾いに出かけました。

ムニャパは、おくさんが出かけるとすぐに縄《なわ》を食いちぎって自由になり、家をそうじしたり皿をあらったりして、せっせとはたらきました。

なぜなら、ムニャパは、おふろに入れてもらったのも生まれて初めてなら、あたたかい火にかけて体を乾《かわ》かしてもらったのも初めてだったので、とってもうれしくて、おくさんにおんがえしがしたくなったからです。

ムニャパは、すっかり家をきれいにかたづけると、ママ、ありがとうといって、森に帰っていきました。

それからはムニャパも、森の泉《いずみ》で体をあらうようになったので、くさいけものといわれなくなったそうです。

くさい鳥、チクエペ

ムニャパの住む森には、チクエペという鳥がいて、なんどもなんども引っ越しをくり返していました。

チクエペが新しい木に引っ越して一息つくと、どこからかくさいにおいがぷ～んとにおってきます。チクエペはそのたびに、

「だれだ、だれだ、やっとくさい家から逃《に》げてきたのに、また近所にくさいやつがいるんだな。こんなところに住めるか」

といってまた引っ越しをすると、またしてもぷ～んとくさいにおいがしてきて、おこって引っ越しをするということのくり返しでした。

九回も引っ越しをしたチクエペ鳥は、つかれはててしまいました。

今度こそくさいにおいのしない家でねむりたいと思っていたのに、またこの家でもぷ～んといやなにおいがしてきました。

「いったい、だれだ、だれだ、だれなんだ！　おれのいくところ、いくところ、くさいにおいがしてくるって、どういうことだ。もう、こんな森にすめるか！」

とチクエペがひとりでおこっているときに、カメレオンがのそのそやってきて、ぼそっと

いいました。

「このにおいはチクエペ鳥のにおいだよ。チクエペ鳥は、みんなおんなじにおいがするからわかるんだ」


チクエペは、どきっとしていいました。

「なに、チクエペ鳥のにおいだと？

チクエペとやらは、くさい鳥なのか？」

するとカメレオンは、こうこたえました。

「ああ、チクエペ鳥ほどくさいにおいのする鳥はいないって、この森じゃ有名だよ。なんといってもチクエペ鳥は、生まれてこのかた、一度も水あびをしたことがないらしいよ。

そりゃ、くさいはずさ」


チクエペは、ちょっと声をひそめてききました。

「そうかい、チクエペ鳥ってやつはそんなにくさいのかい。

ところで、水あびってなんのことだい？」

カメレオンは、いいました。

「水あびっていうのは、水で体をあらうことさ。水あびをする動物は、きれいでにおわないよ。でも水あびしないで砂《すな》あびをする動物は、えらくくさいものさ」

チクエペはそれを聞いて、いままでがまんできなかったくささが自分のにおいだったとわかって、はずかしくなってしまいました。そしてカメレオンのいった、水あびというものをしないで、砂をあびていることも思いあたったのです。

チクエペは、

「まあ、きょうはしかたないから、この家で寝ることにして、明日引っ越すかどうか考えるよ」

といいました。

チクエペは、カメレオンの姿《すがた》がみえなくなるとすぐに水場にいって、水あびというものをしてみました。

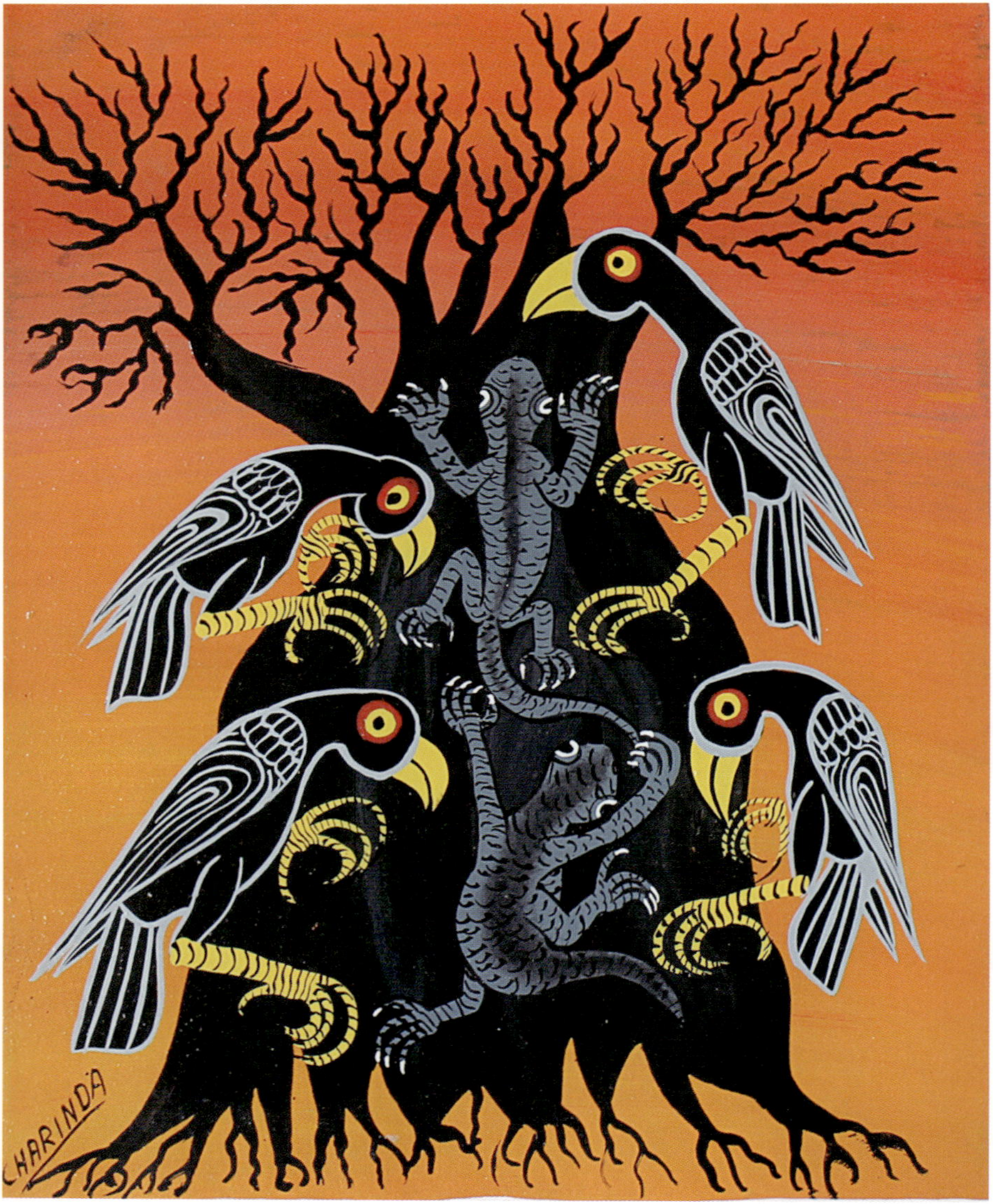
CHARINDA

すると、なんと気持ちがいいのでしょう。

顔もくちばしも、体も足も、羽もおっぽも、きれいにあらいました。最後に、ぷるぷると水をちらして、顔も羽もすっきりしたら、なんだか声まですきとおってくるかのようでした。

よごれてまっ黒だった羽も、水あびのあとには色とりどりのきれいな羽になっていました。もちろんその夜、チクエペは、くさいにおいがしないなかで、ぐっすりねむることができました。

つぎの日、カメレオンがやってきて、チクエペ鳥を見ていいました。

「あれ、きのうのまっくろな鳥さんは、どこへいきなされました?」

チクエペ鳥は、いいました。

「ああ、あの鳥は、夜のうちに引っ越していったよ。きょうからわたしが住むことになりました。名前は、チクエペといいます。どうぞよろしく」

カメレオンは、

「えっ、あなたがチクエペさんなんですか? チクエペ鳥は、まっ黒でくさいのだけれど、あなたはきれいな羽をおもちだし、いいにおいがしますね。

わたしは、きれいなものが大好きなので、あなたのような鳥さんが来てくれてうれしいです。こちらこそ、よろしく」

というと、チクエペ鳥の羽と同じうつくしい色になって、のっそりのっそり歩いていきました。

きょうの話は、これでおしまい。

ほしけりゃもってきな、いらなきゃ海にすてとくれ。

16　井戸《いど》をほったワニ

ハポ　ザマニザカレ（むかしむかし、あるところに）、動物の国がありました。

ある年、きびしい乾季《かんき》がやってきて、雨がふらない日が長く続きました。池や川が干上《ひあ》がり、木や草も枯《か》れ、飲み水はもちろん、食べる草や木の実もなくなって、干からびて死んでしまう動物も出はじめました。

このまま雨がふらないと、みんな死んでしまいます。

こまった動物たちは、王さまライオンのもとに集まって、どうしたらいいか相談しました。

王さまライオンが、

「いつでも水が飲めるように、井戸をほろう」

YAPHIDU

といいました。

みんな、

「そいつはいい考えだ」

「ほろう、ほろう」

といいました。

といっても、井戸をほるには、水脈《みゃく》をほりあてなければいけません。水脈をさがすのには、長年の経験と勘《かん》が必要です。

それに井戸をほるにも技術がいるので、井戸ほりができる動物はみんなからとても尊敬《そんけい》されていました。

そのころ、動物の国で井戸ほり名人といえば、ウサギとカメとヌングヌング（ヤマアラシ）でした。

さっそく、ウサギとカメとヌングヌングは、王さまの命令を受け、水が出そうな場所をさがして井戸をほりはじめました。

ワニも井戸ほりをおぼえたかったので、ウサギとカメとヌングヌングに弟子入りをおね

がいしたのですが、

「きみの大きな体と長い口は、井戸ほりにむいてないよ。それに、体の横っちょにはり出したその短い手足じゃ、地面をほることができないじゃないか。いいから、ひっこんでな」

と小さなウサギにいわれて、ワニはしょんぼり。

ウサギとカメとヌングヌングが、ひとつめの場所を一週間ほっても、水は出ませんでした。

あきらめて、つぎの場所を二週間ほっても、水は出ませんでした。

あきらめて、そのつぎの場所を三週間ほっても、水は出ませんでした。

そのあいだにも動物たちが、つぎつぎに干からびてたおれていきました。

サイもゾウもカバも、体じゅうの皮がからからに乾《かわ》いて、ひびわれて、いまにも死にそうです。

ウサギとカメとヌングヌングも、ほってもほってても水が出てこないので、もうへとへとです。

そんなある日、ワニがたまごを産み落とす場所をさがして、はいずりまわっていました。かくれてたまごを産める、しずかな場所はないかと必死です。ワニがはいずりまわっているうちに、ウサギとカメとヌングヌングが、井戸をほろうとしてとちゅうであきらめた場所にきました。そこには、ちょうどよさそうな穴《あな》があいていたので、ワニはそこに入りました。

でもその穴は、ワニには浅すぎて、体をすっぽりかくすことができません。

ワニはもうたまごが産まれそうで、おなかがいたくてたまりません。

「トゥメ～！（キャー！）いたい、いたい、いた～い！」

いたみで、手足をバタバタ動かしました。

するとワニのするどいつめと強い手足の力で、穴が深く深くえぐられていくではありませんか。

それからしばらくいたみがおさまって、ワニは穴の中でほっとしていたのですが、また、だんだんといたくなってきました。

ワニは、

「トゥメ〜！　いたい、いたい、いた〜い！」

と手足をバタバタ動かしました。

するとまた、穴がさらに深く深くえぐられていきました。

最後に、もっと大きないたみがおそってきました。

ワニは、もういたくてくるしくて、もがきにもがきました。

「トゥメ〜！　いたい、いたい、いたい、いたい、いたい、いた〜〜〜い！」

ワニがもがくたびに、ザックザクザク、ザックザクザク、穴が深く深くえぐられていきました。

とうとうワニは、たまごを産み落とすことができました。とそのときです。穴から水がわき出してきました。

ワニがいたみでもがいているうちに、いつのまにか穴が深くほられ、水脈をほりあてたのです。

YAPHIDee

のどが渇《かわ》いて死にそうになっていた動物たちは、ワニに感謝して、

「アサンテ　サーナ（どうもありがとう）」

といいました。

そして王さまライオンが、ワニにむかってこういいました。

「ワニよ、よくやった。おまえに、井戸ほり名人のめいよと、水を守る役をあたえる」

ワニは、自分の体が井戸ほりにむいていないといわれたときから、井戸ほりの夢はあきらめていたので、たまごも産めたうえに井戸ほり名人にもなることもできて、とってもしあわせでした。

いまでも、ワニが水辺に住んでいるのは、むかしむかしにこんなことがあったからなのです。

きょうの話は、これでおしまい。

ほしけりゃもってきな、いらなきゃ海にすてとくれ。

17 ハイエナとカラス

ケニアのお話

ハポ　ザマニザカレ（むかしむかし、あるところに）、ハイエナの家族がおりました。

そのころのハイエナは、ライオンよりずっと強くて、いつだって自分でえものをしとめては、たらふく食うことができました。

でも、ハイエナはそんなことには満足できず、カラスが空を飛ぶのをうらやましく思ってながめていました。


ある日、ハイエナは、空を飛んでいるカラスにむかっていいました。

「ジャンボ！　ハバリヤコ？（こんにちは！　元気かい？）」

カラスは飛んでいる自分にまであいさつしてくれたのがうれしくて、わざわざ地上におりてきて、きげんよくこたえました。

「ムズリ　サーナ（とっても元気ですよ）」

するとハイエナは、くるりと後ろをむいて、三日も出さずにがまんしていたクソを、どばっとカラスにぶっかけたのです！　カラスはおこって、ハイエナをどなりつけようとしたのですが、口がクソでふさがれて声になりません。おまけに羽はどろどろねばねばで飛ぶこともできません。そのうえ目も鼻も耳もぜんぶクソにまみれて、死にそうになった、そのときです。

めぐみの雨が、ぽつぽつ、ぽつぽつ、ざざ〜とふりだしました。

そうです、雨季《うき》が来たのです。

カラスは雨のおかげで、ハイエナのクソにまみれた顔をあらい、目をあらい、体をあらって、やっと元気を取りもどしました。

カラスのその姿《すがた》をみて、ハイエナは、

クヮハハハ、クヮハハハ、クマカカカ

クヮハハハ、クヮハハハ、クマカカカ

と笑いころげていました。

「いまにみていろ」

カラスはそうつぶやくと、空にむかって飛んでいきました。

すいぶんとたったある日、ハイエナの頭に動物の骨《ほね》がこつんとあたりました。

ハイエナにとっては、骨だってごちそうです。バキバキとかみくだき、骨のずいまでしゃぶりました。

またつぎの日も、ハイエナの頭に動物の骨がこつんと当たりました。

ハイエナは、大喜びで骨をかみくだき、骨のずいまでしゃぶりました。

三日めも、ハイエナの頭に動物の骨がこつんとあたりました。

ハイエナはこの骨がどこから来るのか知りたくなって、上を見ました。

すると、そこにはカラスが飛んでいました。

ハイエナは、カラスにクソをぶっかけたことなどすっかりわすれていいました。

「ジャンボ！　ハバリヤコ？（こんにちは！　元気かい？）」

カラスも地上におりてきて、こたえました。

「ムズリ　サーナ（とっても元気ですよ）」

ハイエナがききました。

「この骨を投げてくれたのは、カラスくんだったのかい？」

カラスはこたえました。

「ああそうだよ、うまかったかい？」

ハイエナは、

「ああ、とってもうまかったよ。ところで、この骨はどこで見つけたの？」

ときくと、カラスは、

「あの白い雲の上さ。あそこにいけば、いくらだってごちそうがあるんだよ」

と空にうかぶ大きな白い雲を見ながらいいました。

ハイエナは白い雲を見あげ、よだれをだらだらたらしながらいいました。

「カラスくん、ぼくをあの白い雲の上につれていってよ」

カラスはこたえました。

「ハイエナくんには、羽がないからむりだよ」

「じゃあ、きみのおっぽにつかまっていくから、つれていっておくれ」

「しかたがないなあ。じゃあ、しっかりつかまっているんだよ」

ハイエナは、よろこんでカラスのおっぽにつかまりました。

「じゃあ、いくよ」


ハイエナがカラスのおっぽにつかまると、体がふわりとうきました。

でもカラスは、雲の方にいかないで、ハイエナの家にむかいました。

「ハイエナくん、どうせなら、家族もみんなつれていってあげるよ」

ハイエナはいいました。

「カラスくん、きみはなんてやさしいんだろう。家族みんなで白い雲の上にいって、おもいっきりごちそうを食べられるなんて、夢みたいだ！」

カラスのおっぽにハイエナが、そのしっぽにハイエナのおくさんが、そのしっぽにハイエナの子どもたちがつかまりました。

でも、若いころワニに足を食われて、後ろ足が短くなってしまったおじいちゃんハイエナだけは、わしはもう年だからいかないよ、お前たちだけでいっておいでと見送りました。

カラスのおっぽにつかまったハイエナと家族たち、みんなでぶらさがりながら空を飛んでいきました。

白い大きな雲のそばまできた、そのときです。

カラスのおっぽがぷちんとちぎれて、ハイエナの家族は、ひゃ〜、きゃ〜、わ〜！　とさけびながら落っこちて、みんなみんな、死んでしまいました。

家でるすばんをしていたおじいちゃんハイエナは、しかたがないので、また一から家族をつくりなおしてから死にました。

そのときからハイエナは、ワニに足を食われたおじいちゃんハイエナと同じように、みんな後ろ足が短くなり、ライオンのおこぼれを食いながら生きるようになったのです。

きょうの話は、これでおしまい。

ほしけりゃもってきな、いらなきゃ海にすてとくれ。

153　ハイエナとカラス

18　大きなワニと、小さなニワトリ

ウガンダのお話

ザマニザカレ（むかしむかし）、ナイル川のほとりに、大きなワニが住んでいました。

ある日、小さなニワトリが、エサをさがしにやってきました。

大きなワニはおこって、小さなニワトリにいいました。

「こらこら、このナイル川は、川も川辺も全部このワニさまのものだ。おまえのような小さな鳥ごときが来る場所ではないわ、さっさと出ていけ」

それを聞いた小さなニワトリは、

「ぼくらは兄弟なんだから、エサをわけてくれたっていいでしょ」

といいました。

大きなワニはびっくりしていいました。

「なに？　おれさまとおまえのような小さなニワトリが兄弟だって？　そんなわけがない

だろう！」

小さなニワトリはいいました。

「じゃあ、ワニくんはどこから生まれたの？」

大きなワニはいいました。

「おれさまは、たまごから生まれたさ」

小さなニワトリはいいました。

「ぼくだって、たまごから生まれたんだよ。だから、きみとぼくは、おなじたまごから生まれた兄弟さ」


大きなワニは、たまごをじっとみながら考え込《こ》んでしまいました。

大きなおれさまは、たまごから生まれた。この小さなニワトリも、たまごから生まれた
……だから……おれたちは、兄弟……

大きなおれさまも、この小さなニワトリも、たまごから生まれた……だから、おれたちは、兄弟……

大きなおれさまと、小さなニワトリは、兄弟だったのか？？？

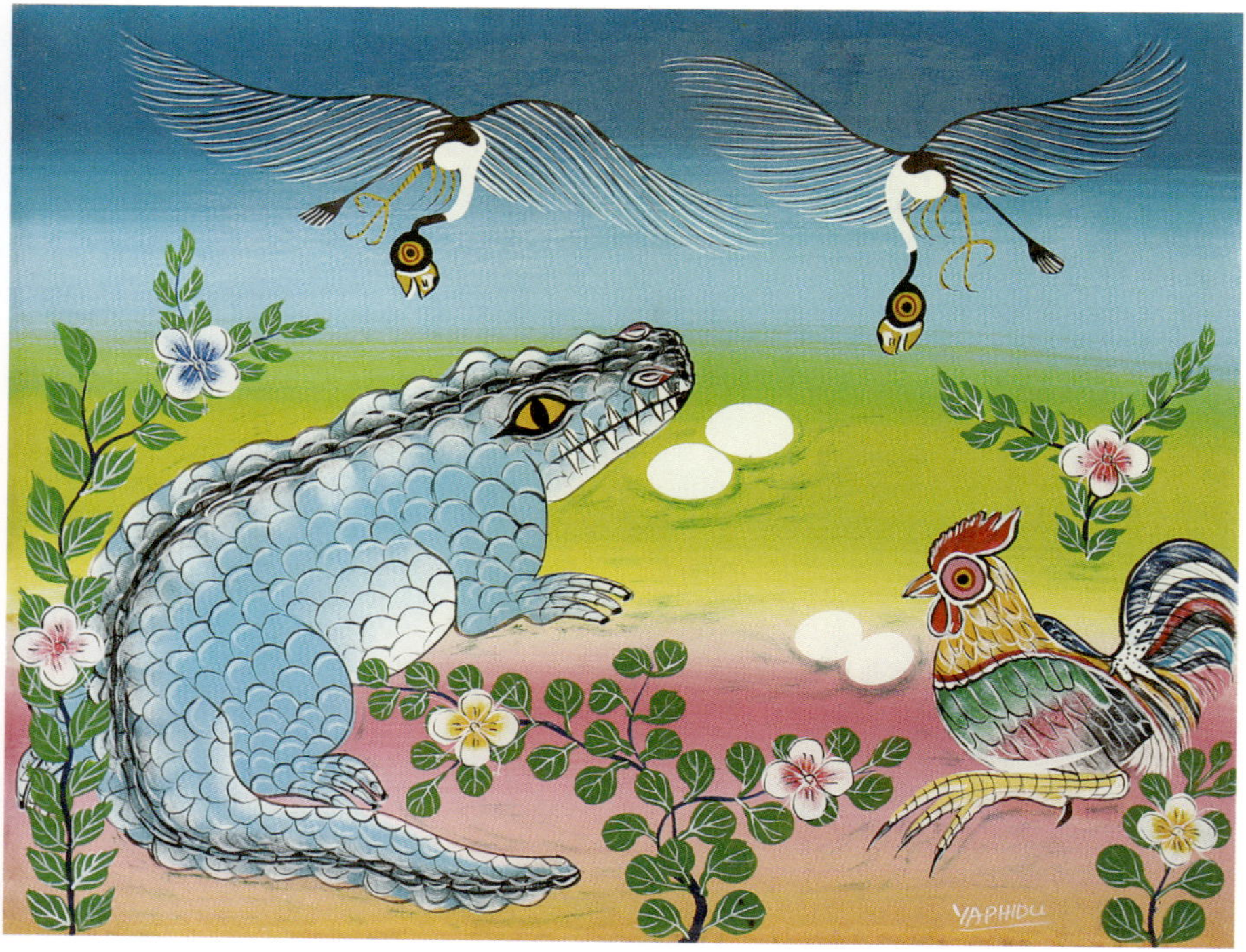
YAPHIDU

「おーい、兄弟、これからは仲良くしよう」

ワニがそういったときには、もう小さなニワトリの姿《すがた》はなく、コケコケ走って遠くに逃《に》げておりました。

大きなワニは、自分の兄弟を追いだしてしまったことを後悔《こうかい》して、おいおいおいおいおい泣きました。

そのときからワニは、たまごから生まれる動物にはやさしくなったのだそうです。

きょうの話は、これでおしまい。

ほしけりゃもってきな、いらなきゃ海にすてとくれ。

19　さかさまになったバオバブ

　ザマニザカレ（むかしむかし、そのむかし）、地球はすべて草原で、木というものは一本もはえていませんでした。

　ある日、神さまによって、はじめて地球上にバオバブの木が植えられました。バオバブは太い幹《みき》の、それはそれはりっぱな木でした。

　つぎに神さまは、ヤシの木を植えられました。

　ヤシの木は背《せ》が高くて、すらっとした幹の上の方にしなやかな長い葉がしげり、とても美しい姿《すがた》でした。

　バオバブは、ヤシの木がうらやましくなって、神さまにおねがいしました。

「ぼくも、ヤシの木のように、背が高くてすらっとしたかたちにしてください」

神さまは、のぞみどおり、バオバブの木をすらりと背の高い木にしてくださいました。

つぎに神さまは、マンゴーの木を植えられました。

マンゴーの木は、あまくておいしい実をたくさんならせました。

バオバブは、マンゴーの木がうらやましくなって、神さまにおねがいしました。

「ぼくにも、マンゴーの木のように、あまくておいしい実をたくさんならせてください」

神さまは、のぞみどおり、バオバブの木においしい実をたくさんならせてくださいました。

つぎに神さまは、ジャスミンの木を植えられました。

シャスミンの木は、小さいけれどとてもいいかおりの白い花をさかせました。

バオバブは、ジャスミンの木がうらやましくなって、神さまにおねがいしました。

「ぼくにも、ジャスミンの木のように、いいかおりのする小さな白い花をさかせてくださ い」

神さまは、のぞみどおり、バオバブの木にいいかおりのする小さな白い花をさかせてくださいました。

つぎに神さまは、アフリカンチューリップの木を植えられました。

アフリカンチューリップは、遠くからでも目立つ大きくてまっ赤な花をさかせました。

バオバブは、アフリカンチューリップがうらやましくなって、神さまにおねがいしました。

「ぼくにも、アフリカンチューリップのように、遠くからでも目立つ大きくてまっ赤な花さかせてください」

神さまは、のぞみどおり、バオバブの木に大きくてまっ赤な花をさかせてくださいました。

つぎに神さまは、ドリアンの木を植えられました。

ドリアンの木は、遠くまでいいかおりをただよわせ、かたいとげにおおわれた大きな実をならせました。

バオバブは、ドリアンの木がうらやましくなって、神さまにおねがいしました。

「ぼくにも、ドリアンの木のように、いいかおりでかたいとげのある大きな実をならせてください」

神さまは、のぞみどおり、バオバブに大きくていいかおりでかたいとげのある実をならせてくださいました。

つぎにカシューナッツの木が植えられれば、今度はカシューナッツがうらやましくなって、

「ぼくにも、カシューナッツのように、きれいな色の実の上にもうひとつ別の実をならせてください」

とおねがいします。

シナモンの木が植えられれば、今度はシナモンの木がうらやましくなって、

「ぼくも、シナモンの木のように、木ぜんたいがかおるようにしてください」

とおねがいします。

ライムの木が植えられれば、今度はライムの木がうらやましくなって、

「ぼくにも、ライムの木のように、小さくてさわやかなかおりの実をならせてください」

とおねがいします。

アマランダの木が植えられれば、今度はアマランダの木がうらやましくなって、

「ぼくにも、アマランダの木のように、きれいな黄色い花をさかせてください」

とおねがいします。

ソーセージツリーの木が植えられれば、今度はソーセージツリーがうらやましくなって、

「ぼくにも、ソーセージツリーのように、大きな花のかたまりとぶらぶらとぶらさがる実をならせてください」

とおねがいします。

バナナ、オレンジ、バラ、ジャックフルーツ、コーヒー、クローブ、ナツメグ……神さまが新しい木をお植えになるたびに、バオバブはその木のことがうやらましくなって、同じようにしてくださいとおねがいするのです。

そして神さまが、何度ののぞみどおりの姿かたちに変えてくださっても、バオバブはちっとも満足しないのです。

神さまが最後の木を植えおわってもまだ、バオバブはほかの木をうらやましがって、姿をかえてくださいとおねがいしました。

いままで何万回も、バオバブののぞみをかなえてくだった神さまも、とうとうあきれはて、

「バオバブよ、おまえはまだ、ほかの木をうらやむのか」

とおっしゃり、悲しげに小さくため息をつかれた、そのときです。

あっというまに、バオバブの根っこと幹がさかさまになってしまいました。

アフリカでもっとも大きな木、千年以上も長生きをする木もあるというバオバブですが、すっかり葉が落ちてしまう季節になると、まるで根っこが空にむかって立っているように見えるのにはこんな理由があったのです。

きょうの話は、これでおしまい。

ほしけりゃもってきな、いらなきゃ海にすてとくれ。

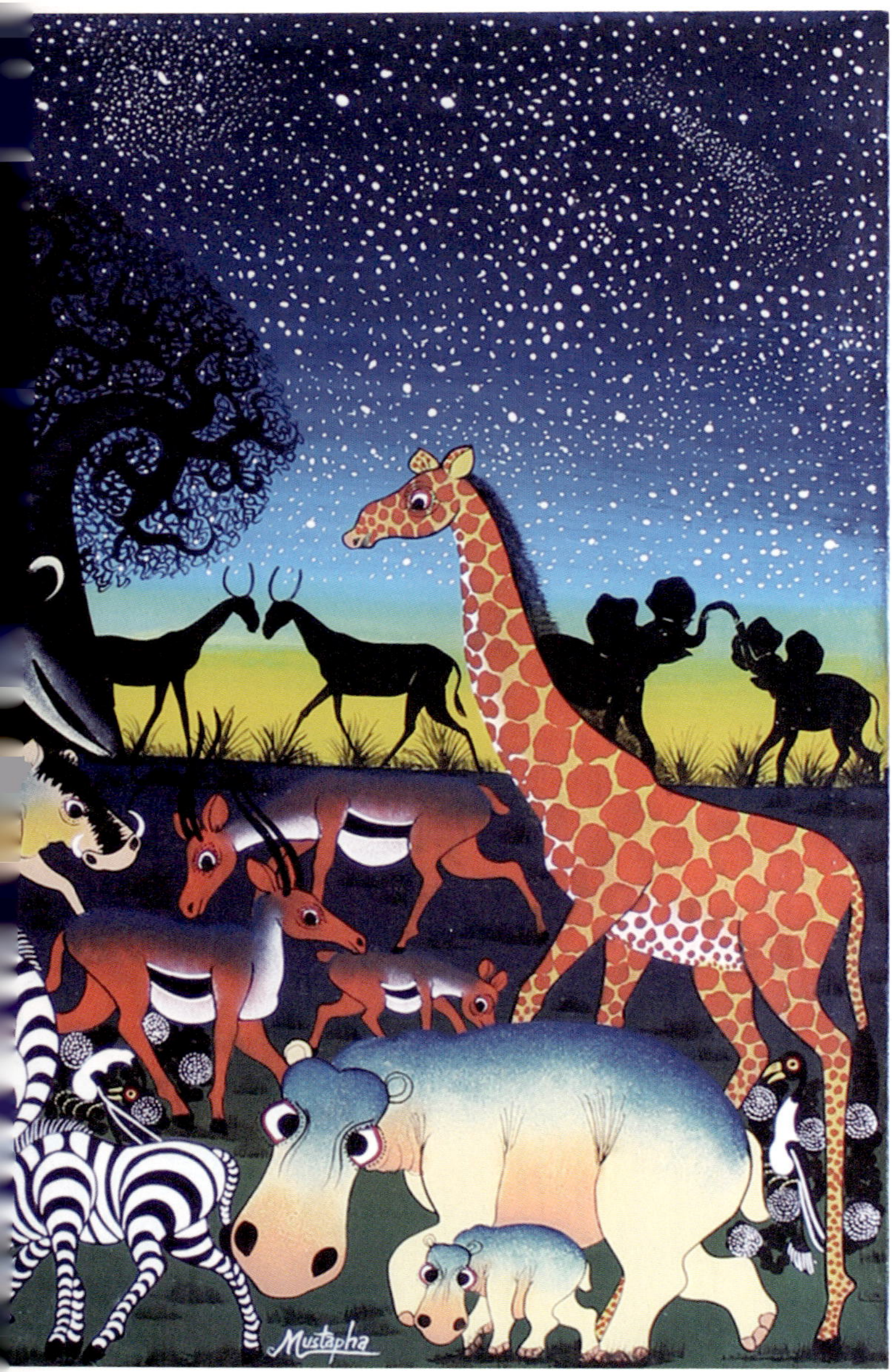
Mustapha

20　しあわせのなる木

ハポ　ザマニザカレ（むかしむかし、あるところに）、チンジャカという名前の、気むずかしい男がおりました。

チンジャカはいつもおこった顔をして、おくさんや子どもをどなりちらし、牛やロバをひどくむちでたたいて、はたらかせていました。

それでもチンジャカの家は、「ど」がつくほどびんぼうで、一日一回の食事も食うや食わずの生活でした。

ある日チンジャカは、シャターニの森のおくのおくに「しあわせのなる木」があり、その木を見たら一生食うにこまらないといううわさを聞いて、その「しあわせのなる木」をさがしにいくことにしました。

飲まず食わずで一週間も歩き続けて、へろへろになって地面にすわり込《こ》むと、カンガを巻《ま》いたおばあさんがマンダジをくれました。

「旅のお方、あんたは、そうとうはらがへっておられるようじゃのう。

ささ、このマンダジを食いなされ。

ところで、ここから先はシャターニの森じゃ。ここは一度入ったら出てこられないシャターニの森。悪いことはいわん。ひき返したほうがよいぞ」

チンジャカは、おばあさんの手からマンダジをひったくると、がつがつと一気に食べてしまいました。

そしてお礼もいわずに、こうどなったのです。

「ここがシャターニの森だろうとなんだろうと、そんなことは知ったこっちゃない！

おれは、しあわせのなる木を見つけて、びんぼうぐらしからぬけだすんだ。その木さえ見れば、一生食うにこまらないと聞いたんでね。

さあさあ、ばあさん、どいとくれ。おれは、早くしあわせのなる木とやらをおがまなくちゃいけないいんだよ」

するとおばあさんは、にこにこ笑って、
「なーんじゃ、しあわせのなる木なら、シャターニの森のなかではなくすぐそこにあるよ。動物たちが、いつもしゃべくったり歌ったりしているから、近づけばすぐにわかるさ」
といったかと思うと、おばあさんの姿《すがた》は消えていました。

チンジャカは、はらがへりすぎてへんなものがみえたのかな？　と思ったのですが、おばあさんにもらったマンダジのおかげで、力がよみがえっていました。

チンジャカがおばあさんがいった方向にむかって歩き出すと、すぐにキャッキャ、バヒヒーン、ホギャホギャ、パオーンとにぎやかな動物たちの話し声が聞こえてきました。

そして、こう歌っていたのです。

♪ジャンボ！　ジャンボ　ブワナ（こんにちは！　こんにちは）
ハバリガニ　ムズリ　サーナ（お元気ですか？　とっても元気です）
しあわせ、しあわせ、しあわせのなる木
ライオン、サイ、ゾウにカバ、みんな友だち、みんななかよし

CHARINDA

ラッタラッタラ〜ン♪

♪ジャンボ！　ジャンボ　ブワナ
ハバリガニ　ムズリ　サーナ
しあわせ、しあわせ、しあわせのなる木
サルにシマウマ、バッファローにチータ、みんな友だち、みんななかよし
ラッタラッタラ〜ン♪

チンジャカは、とてもしあわせな気持ちになって、自分も歌いました。

♪ジャンボ！　ジャンボ　ブワナ
ハバリガニ　ムズリ　サーナ
しあわせ、しあわせ、しあわせのなる木
クジャクにダチョウ、牛もロバも人間も、みんな友だち、みんななかよし
ラッタラッタラ〜ン♪

チンジャカはその足で、歌いながら村に帰りました。来るときは一週間もかかったのに、楽しく歌いながら帰ったら、たったの一時間で家についてしまいました。

とにもかくにもチンジャカは、しあわせのなる木を見たその日から、いいことずくめです。

いままでむちでひっぱたいてはたらかせていたロバや牛も、「みんな友だち、みんななかよし、ラッタラッタラ～ン♪」の歌をきかせてやると、ごきげんでよくはたらくようになりました。

ロバや牛がよくはたらくから畑もよくたがやされ、畑もごきげんで作物をたくさんならせます。

いつもどなりちらしていたおくさんや子どもにも、どなり声のかわりに、「ラッタラッタラーン♪」の歌を歌ったら、おくさんはおおよろこびでおいしい食事をつくってくれ、子どもたちは文句ひとついわずに、水くみやまきわりを手伝うようになりました。

チンジャカは、けんかを見れば「みんな友だち、みんななかよし♪」と歌いながらとめに入るものだから、けんかをしている人まで笑顔になって、いつのまにかけんかがおさまってしまいます。

そのうちチンジャカは、村のチーフ（長）にえらばれて、平和な村をつくりあげ、となり村ともなかよくして、みんなでまとまって大きな国をつくりました。

王さまになってからもチンジャカは、しあわせのなる木を見たいという子どもたちにいつもこういったそうです。

わざわざ遠くにさがしにいかなくたって、しあわせのなる木はいつだってみんなのすぐそばにはえているんだよってね。

きょうの話は、これでおしまい。

ほしけりゃもってきな、いらなきゃ海にすてとくれ。

アフリカの民話を楽しく読むために

私は、幼いころから昔話が大好きで、「むかしむかし……」ではじまる本を母にせがんで読み聞かせをしてもらっていました（それが高じて、大人になったいまでも、アフリカの人たちから昔話を聞いては心おどらせているわけですが）。

自分で字が読めるようになってもやはり昔話を好み、さらに読書のはばが広がった中学時代には、世界各国の民話集を読むようになりました。日本のお話だとだいたいのニュアンスはわかるものの、外国のお話になると「これはどういうこと？」「このお話はなにを伝えているの？」といった疑問も多く、わかりにくくて途中で読むのをやめてしまうこともしばしば。いま思えば、それが私にとって異文化との遭遇だったのでしょうが、当時は拒否反応をおこして本を閉じてしまうこともありました。

大学では、二つのゼミ（かつおきんや先生の民話研究と、森田毐三郎先生による地域社会における労働と遊び研究）に所属し、読書のはばは広がったものの、民話集を見つけるととりあえず読むという傾向は、子ども時代と変わりませんでした。

民話好きなだけで不真面目な学生だった私は、あるとき、日本の民話の表面だけをさらさらっと読み、適当にレポートにまとめて民話ゼミで発表しました。かつお先生は、じっとお聞きになって、最後に「あなたはこの民話を本当にあったことだと思うのですか？　それとも、非現実のことだと思っているのですか？」と聞かれました。その民話は、最後に奇怪な現象がおき、物語がどんでんがえしで終わるという非現実的なお話だったので「これは実際にあったことではなく、作り話だと思います」とこたえると、「それは違います。民話というのはもともと、歴史の表舞台に出てこない民衆が、現実社会の苦しい状況をユーモアを交え言葉を変えて話すことからはじまっているのです。言葉の裏側にある、社会の現実を見ずして、民話を学ぶ意味はありません」といつものおだやかな声ながらも、はっきりと言われました。私は顔から火が出るほど恥ずかしくて、その日の授業中はずっとうつむいていました。

でも、そのときから民話の裏側にある社会の現実を読み取り、民衆の心を感じようとする気持ちが芽生えました。あのときの厳しいお言葉がなかったら、いまでも民話を表面的におもしろおかしく聞くだけで終わっていたでしょう。あらためて恩師に感謝する次第です。

結婚をきっかけに、一九八七年より東アフリカ、タンザニア連合共和国のザンジバルという島国に住むようになりました。ここには、スワヒリ語の民話の口頭伝承とともに、手や体を使った労働と遊びが日常のなかに生きており、思いがけず学生時代の学びとどんぴしゃの環境のなかに入ったわけですが、当初はアフリカの生活に慣れることに必死で、そのことを意識していたわけではありませんでした。

その後、生活のなかで少しスワヒリ語がわかるようになると、ここにはまだ語り文化が残っていることもわかり、それからは機会をみつけて現地のお年寄りや漁師さんなど、いろいろな人から民話を聞かせてもらうようになり、社会のありかたと地域文化とを組み合わせて探求していくことを楽しみながら続けているうちに、さまざまなタイプのお話にめぐりあうことができました。

そんなある日、これらの貴重なお話を私の楽しみだけに埋もれさせてはいけないのではないか、今度は私が誰かに伝える番なのではないかという思いがわきおこり、過去に書きなぐったメモをひっぱりだして原稿におこしたことが、アフリカの民話採集と再話をはじめたきっかけです。

聞き取りをしたときの言語は、タンザニア、ケニアを中心に、ウガンダ、ブルンジ、ルワンダ、モザンビーク、コンゴの一部など、広い範囲で使われているスワヒリ語です。

お話を聞いた場所は、ザンジバルやタンザニア本土が中心ですが、この民話集の構想を練っている最中に、ケニアやウガンダの人たちからもお話を聞く機会に恵まれ、それがまた興味深いお話だったのでラインアップに加えました。なので、思いがけず「東」アフリカの民話集といった体になっていますが、アフリカは古来よりさまざまな部族が大陸内を移動し、入り混じりあいながらこんにちにいたっているという性格上、現在、地図上で表わされる国という概念

真っ青な空と海に囲まれたザンジバル。ココヤシと、さんご礁のまっ白なビーチ

上空から見たザンジバル・ウングジャ本島。まっ青な海に白い帆のダウ船が浮んでいます

ではとらえきれないことが多く、現在の国がかたちづくられる前から語り継がれてきたであろう内容も多いため、あえて「アフリカの民話」としています。

私が住んでいるザンジバルは、一九六四年にタンガニーカとザンジバルとが連合してタンザニア連合共和国になる前は、インド洋を牛耳《ぎゅうじ》ったアラブのオマーン王国の首都でもあり、奴隷貿易港として栄えたという、アフリカのなかでも独特の歴史をもつアラブの影響の濃い島です。

民族的にいえば、ザンジバルはスワヒリと呼ばれるアラブとアフリカンの混じった人びとが多く、一方、タンザニア本土（タンガニーカ）は、一二〇を超える民族が集まって形成されているバンツー系の多民族国家。長年の植民地時代を経て、タンガニーカがニエレレ大統領のもと、イギリスから独立したのは一九六一年の一二月。本土側のタンガニーカという国名が消失したのでわかりにくくなっていますが、つまりタンザニアは、二つのまったくちがう歴史をもった国（ザンジバルとタンガニーカ）同士の連合国家なのです。

また、ここザンジバルは、スワヒリ語の発祥地でもあり、同じようにスワヒリ語を使っているタンザニア本土、ケニアなどでは聞くことができない美しい韻や、昔からの謙譲語、尊敬語がいまも使われています。そのため、ザンジバルの人から聞くお話と、タンザニア本土の人から聞くのではひと味違います。

こういった背景のなか、ザンジバルのことを、タンザニアとひとくくりではすませられない歴史や文化、民族的な違いもあるので、本著では、ザンジバルと書いたり、タンザニアと書いたりして使い分けようと試みています。

民話、昔話、伝説といった言葉の区別については、特定の場所にある物や人について語り伝えられているものが伝説、「むかしむかしあるところに」という語り口に代表されるように、とくに決まったものがなく語られるものが昔話、そして伝説と昔話の両方を含め、民間のあいだに語り継がれているものが民話であり、より広い概念をもつもの、ととらえています。

タンザニアのお話は、「パウカー（お話はじめるよ）」「パカワー（はーい）」に代表されるような語り手と聞き手のかけあいからはじまり、伝説以外は、「ハポ　ザマニザカレ（むかしむかし、あるところに）」で語りはじめられるのが常です。もちろんこれ以外にも、はじまりの言葉はありますが、私が採集したときに多かったことと、スワヒリ語の音が楽しいので、本著はこの冒頭文でほぼ統一しています。

そして「きょうの話は、これでおしまい。ほしけりゃもってきな、いらなきゃ海にすてとくれ」という味わい深い決まり言葉でしめくくられます（私はどのお話も海にすてたくなどないですが）。大勢のなかで聞くときはもちろん、私だけに語ってもらうときでも、地域によってヴァージョンの違いはあれど、必ずはじまりと終わりの言葉がついていました。本に書かれたお話を読み聞かせるのではなく、口から口へ語り伝えられてきた民話なので、こういった調子をとるかけあいの言葉が大切なのでしょう。日本でも、語りはじめが「むかしむかし」「むかしあったげな」「とんとむかし」などで、語りおさめは「とんとおわり」「どっとはらい」「いちごさかえた」「とんぴんぱらりんのぷう」「しゃみしゃっきり」の言葉でしめるものなどいろいろありますが、どれも地域色豊かで味わいがありますよね。

また、はじまりと終わりの決まり文句だけではなく、お話のなかにも双方のかけあいや歌の場面がでてくることがありますが、聞いているのがおとなでも子どもでも自然に言葉を返し、ハーモニーを奏でながら歌います。これぞ、語り手と聞き手がいてこそつくり上げられる口承文芸の世界だなと感じます。

ところで、「アフリカには歴史がない」と言われがちですが、それは文献その他で解読可能な歴史が残っていないというだけのこと。アフリカの多くの民族は、文字をもたず、自分たちの歴史を書き残すことはしてこなかったため、資料や文献に頼る西洋史的考えでは十分にアフリカの歴史を知る手がかりを得ることができなかったのです。

けれども、西洋人がアフリカ大陸を発見するずっとずっと昔から、アフリカ大陸では独自の言葉、文化、習慣をもつ何百という民族が、広いアフリカ大陸を移動し、交易しあいながら生活を営んできました。文字に頼らない口頭伝承や音楽や美術、また、現代まで続いている生活様式などを通して、アフリカの人びとがもつ独自の民族文化に目を向ければ、アフリカは歴史の宝庫。文字で残さなかったぶん、文化や民族の興亡といった歴史は、語り部と呼ばれる特別な人びとによって代々語り継がれ、一般の人びとにも、成人式や結婚式といった儀式のなかでことあるごとに伝えられてきました。それらは、何度も繰り返し語られるうちに民話や伝説となり、歌や踊りになり、親から子へ、子から孫へと民族の歴史や伝統とともに、生きる知恵が語り継がれてきたのです。

しかしこういった口頭伝承も、時代の波にのまれ、廃れつつあるのも事実です。実際、私が住んでいるザンジバルも、三〇年の年月でラジオからテレビへの移り変わりや携帯電話の急速な普及などにより、生活スタイルがずいぶん変わってきています。近所の子たちが集まって、お年寄りからゆっくり昔話を聞くといった光景もいまではほとんど見られなくなりましたし、お話上手だったビネマさんやビニョニョおばあちゃんも、いまは亡き人。私は、ここでの語り文化（口承文芸）が終わろうとしているぎりぎりの時代に居合わせることができたのだなと感じています。

とはいえ、いまでもぽつりぽつりとお話を聞く機会はありますので、まさにいま、聞き手の心にこの土地の歴史や文化がつむがれているのだなということを、以前よりも深く感じながら語りの場面に身をおいています。

＊

挿絵は、タンザニアのティンガティンガ・アート。ティンガティンガとは、創始者エドワード・サイディ・ティンガティンガ（一九三二〜一九七二）の名前に由来し、六色のペンキを使っ

いつも楽しそうに絵を描いているチャリンダさん

夢に出てきたイメージをキャンパスに描くというヤフィドゥさん

ティンガティンガ・アート村（工房）では、約100人のアーティストが集まって絵を描いています

て織りなすカラフルな色彩で、タンザニアの豊かな自然や動物、人びとの生活を明るいタッチで描くことで有名なファインアートです。

この本の挿絵は、美しい色合いと独自の動物ワールドを描き出すことで人気のヤフィドゥ・マカカさんと、創始者ティンガティンガ亡きあと、長年ティンガティンガ・アートの屋台骨をになってきた古参アーティストの一人であるモハメッド・チャリンダさんと、七人のアーティストたちに描いてもらいました。

タンザニアでは、本自体が圧倒的に少なく、子ども時代に絵本を読んでもらって育つという環境ではないので、タンザニア人なら誰でも知っているお話といったものがあまりみあたらず(日本人であれば、かぐや姫とか桃太郎といったお話なら誰もが知っていますが)、昔話は地域や民族ごとに語り継がれているという状況です。

ですから、本の挿絵を描いてもらうためには、私が集めた民話をアーティストたちにスワヒリ語で語って伝えるという作業をしなくてはならなかったのですが、みんなアフリカの民話を本で残すということを喜び、真剣かつ楽しんでお話を聞き、さまざまな工夫をしながら挿絵を描いてくれました。

＊＊＊

むかしむかしのお話に、解説をつけるほどやぼなことはないのですが、日本とアフリカの文化の違いや共通点などを含めてご紹介することで、現地の様子を思い浮かべながら、より楽しんで読んでいただけたらという思いを込めて、私がそれぞれのお話を聞いたときに感じたことやエピソードなどを記しておきます。

大きな大きな山がわれた日　キリマンジャロ山伝説

タンザニアが誇る、アフリカ最高峰のキリマンジャロ山に伝わる伝説です。

いまでも五八九五メートルあるのに、むかしむかしはいまよりもっと大きくて、雲の上に顔を出すにとどまらず、なんと太陽を遮るほどだったというのですから、その高さは想像を絶します。ひょっとしたら、当時は世界一だったかもしれないなとイメージするのも楽しいです。

大きな山がわれて別々の山になったと聞くと、日本の民話で、富士山と高さを競い合ったときに八つにわれて八ヶ岳になったというお話を思い出しますね。

そして、われたあとの山々の姿を想像すると「山と山は会えないけれど、人と人は会うことができる」というスワヒリ語のことわざが浮かんできて「人間でよかった！」と思います。キリマンジャロ山とキボ山、八ヶ岳の山々が会えなくなった山仲間を思う気持ちはいかなるものだったでしょうか。

バオバブの木のなみだ

バオバブの木は、日照りに強く、実も食べられるし、繊維はロープになり、オイルもとることができるという人間にとってはありがたい木です。幹が太くて、枝がまるで根っこのように

カシューナッツの花と実

バオバブの実（左）と花（右）

葉が落ちたときのバオバブの木。右端に赤い服の男の子が立っているのが見えるでしょうか？

タンザニア北西部マリャ村の
朝の風景。
自転車で水を運ぶ少年

畑仕事を手伝う少年。大変な思いをして
運んだ水を、おしげもなく畑にまきます

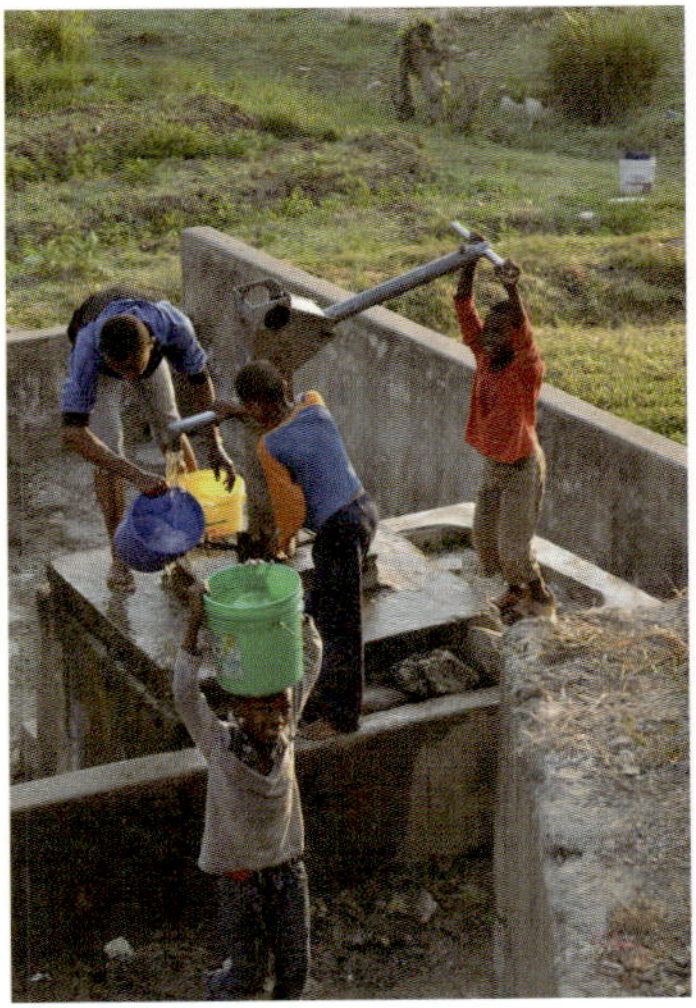

ペンバ島の朝。学校へ行く前に、水く
みの手伝いをする子どもたち

ひとつの水道の前に、何十個もバケ
ツが並びます（ダルエスサラームの
ビグングティ地区）

複雑にのびている形状や、樹齢も長く、何百年、なかには千年を超すといわれる大木もあり、ときには神木として崇められ、雨ごいをするときに木の前で祈ったりする一方、その形状からシャターニ（精霊・妖怪）が住む木として畏怖の対象だったりもするような、人びとの心の木として、アフリカ各地に存在しています。

この話に出てくるバオバブは、動物たちに慕われている存在で、飢えと渇きで死にそうになっているカメレオンの姿を見て涙をこぼす、という優しい心根の持ち主です。

ところでカメレオンというのも、お話によって神さまの使いであったりとんち者だったり、性格はいろいろあれど、登場する際は必ずなにがしかの役割を担ったキーパーソンとして出てくるおもしろい存在です。

本書には、水や井戸に関するお話がいくつか入っていますが、水不足は、アフリカ各地において深刻な問題です。

私が長年住んでいるザンジバルも、いまだに水不足は解消されていません。水が出るときをみはからって、タンクやドラム缶、バケツなどにくみ置きすることが生活の基本です。水くみがおわって、家の中のありとあらゆる容器に水がたっぷりたまったときが、ここでの生活のいちばんうれしいひとときであるというのも、近所の人たちとの挨拶に「水の出はどう？」という会話が必ず入るのも、互いに水が出る場所を教えあうのも、三〇年かわりません。

三〇年のなかで変わったのは水質ですが、これは残念ながら、改善ではなく改悪です。ザンジバルに住み始めた当初は、水道の水はきれいでそのまま飲むことができましたが、ある年にコレラが大流行してたくさんの人が亡くなり、そのころから、煮沸して飲まなければならなくなりました。また、ザンジバルでは、水道局に許可なしで水道管をつないでしまう家庭が多いため、水もれや汚水の混入などが増えています。そのせいで、料理にはもちろん生活水にすら使えないほどにごって汚い水が出る日が多くなってきてしまっているのです。

とはいえ、いまの私にとってはこのような水事情があたりまえの日常なので、まあこんなもんかという感じですが、やはり最初のうちは閉口しました。そして日本にいるときは当然すぎてなにも考えていませんでしたが、蛇口をひねるといつでもきれいで飲める水が出ることは、決してあたりまえではないことがよくわかりました。

人間のように井戸や水道を使えない動物たちにとって、水はさらに死活問題です。旱魃《かんばつ》のときにサバンナに行くと、バッファローやヌーなどが渇死体となって転がっていますし、家畜である牛たちもがりがりにやせこけてしまいます。

なので、たとえ民話の世界であっても、水が涸れる話はとても怖く感じますし、登場人物や動物たちが恵みの雨を乞う気持ち、水を確保するために奔走する気持ちが痛いほどわかります。

動物たちの自動車レース

私がアフリカ（最初の国はケニア）に渡った当初、とても驚いたことのひとつは、日本ならとっくに廃車になっているようなぼろぼろの車が、現役でどうどうと走っていることでした。こ

ザンジバル料理の特徴は、ココナッツとスパイスをふんだんに使うことです

女の子は小さいときから料理を手伝います。小麦粉をこねて、まるめて、のばして、美味しいチャパティが焼きあがります

台所の燃料は炭が主流。ファトゥマさんお得意のキャッサバ芋のココナッツミルク煮込みができあがります

家族みんなでお気に入りのカンガ布に身を包んで

カンガに書かれている言葉
「おだやかに構えていれば、
いろいろなことが聞こえてくる」

カンガ屋さんは一目瞭然。カラフルな色のシャワーがあふれ出ています。出入り口の上にかかっているのはマンゴーの葉っぱ、千客万来でありますようにというおまじないだそうです

こでは車の部品が手に入らないことが多いのですが、「部品がないなら作ればいいのさ」、アフリカの職人さんはさらっとそんなことを言って、空き缶やプラスチックなどを駆使して車をなおして、動かしてしまうのです。実際、私は乾燥させたとうもろこしの芯をハンドブレーキ代わりに使っていたタクシーに乗ったことがありますが、それはまさに、このお話を地でいくできごとでした。

このお話は、おんぼろ車しかもてないウサギが、のろのろ運転でビリになるかと思いきや、おならのいきおいで一気にゴールインして優勝するという、一見ひどくナンセンスなお話にみえますが、車をなんとかレース当日にまにあわせて、動くようにしてしまうというところに注目すると、貧しくても工夫しながら、たくましく生きるウサギの明るい強さが見えてきます。

挿絵はムブカさん。身近な食べ物を使って修理されたウサギの車や、大きなおならで車がズババババッと押し出される場面など、まさにイメージどおり、いえ、イメージ以上に描いてくれ、ムブカさんの挿絵が描き上がるたびに、おもしろくて楽しくて、大きな声で笑ってしまいました。

それにしても、どんじりだった車を先頭まで一気に押す出すほどとは、大きなおならですね。日本のへこき女房は、おなら一発で木の実を落として殿さまからたくさんご褒美をいただきましたが、ウサギのおならとどちらが大きかったでしょうか？

ところで、アフリカの民話では、ウサギはとんち者、頭はいいけどずるがしこいという、善者、悪者でいえば、悪者のキャラクターでトリックスターの存在として登場することが多いのですが、このお話のウサギは、優勝したあとのパーティーでは、自分の車の食べ物を動物たちに大盤振る舞いする太っ腹な面も見せ、善者の印象のままで終わっており、とてもめずらしいパターンです。

なまことヘビ

実際に、海でなまこを見たことがある方は、どのぐらいいらっしゃるでしょうか？

ここザンジバルでは、遠浅の美しい海になまこがたくさん生息しているので、ザンジバルの人にとって、なまこはごくごくあたりまえの存在です（といっても、ザンジバルの人はなまこを食べないのですが）。

そんな背景があるとはいえ、なまこが登場する話は初めて聞きました。

挿絵は、タンザニア本土の内陸部トンドゥール地方出身のチャリンダさん。「なまこ？　知ってる知ってる、まかせてよ」と言っていたわりには、イモ虫のように見えなくもないですが、チャリンダ画伯に「これでいいのだ」と自信たっぷりに言われると、そうなのかなという気がしてくるから不思議。どうやら、私はすっかりチャリンダ・マジックにかかってしまったようです。

ところで、なまこはヘビに目を貸したばっかりに、借りた足で歩いていって、海に落っこちて海に住むようになってしまったのですが、ヘビを恨むわけでもなく、けっこう海の底が気に入ってのほほんと生きているというのが、ザンジバル的な終わり方だなと感じます。いまにいたる境遇はすべて神さまの思し召しといった考えが、ザンジバルで暮らす人びとの根底にあるからなのかもしれません。

キクユ民族の始祖ギクユ　ケニアのお話

このお話を教えてくれたのは、ケニア人のデビットさん。故郷からナイロビに一人で出稼ぎにきてすでに二五年以上になり、いまでは、奥さんも子どももナイロビに呼び寄せて、家族で暮らしている四〇代の男性です。一生懸命ためたお金で、故郷のキクユランドに土地を買い、人を使って畑にしているそうで、「キクユ民の男として、自分の畑をもつことは欠かせないんだ。やっとこれで、キクユ民として胸がはれる」と嬉しそうに言っていました。

そんなデビッドさんの語るキクユ民族の始祖の物語は壮大で、農耕民族になった理由もわかりやすく、民族のヒーロー伝説として語り継がれているのも納得です。そして、キクユ民代々の生活の知恵のほかに、ギクユが遺言のなかで、いつかこの土地に白人が入ってきてしまうことまで示唆するという歴史的要素も含まれており、とても内容の濃いお話だなと感じました。

デビットさんも、「これは、小さいころおばあちゃんから聞いた話なんだけれど、キクユ民族のヒーローが誕生するこの話は、何度聞いてもわくわくして、せがんで何度も繰り返し話してもらったよ」と言っていました。デビットさんに、ケニアの話を聞かせてとお願いしたとき、「うまく思い出せるかな、自分の子どもには話したことがないんでね……」と言っていたのに、語りだしたらすらすらと、よどみなく語ってくれたのは、おばあちゃんから何度も繰り返し聞いていたからだったんですね。

ちなみに、キクユ民にとっての心の山的存在であるケニア山は、アフリカ最高峰のキリマンジャロ山に続く二番目に高い山です。


貧しい農村家庭で育ったデビットさんは、こうも言っていました。「食事は、毎日毎日煮豆。はらをすかせたぼくらは、豆が煮えるのが待ち遠しくてたまらず、火のそばで、豆がぐつぐつ音を立てているのを聞いていたよ。そんなとき、おばあちゃんが、お話を聞かせてくれた。それが楽しくて、おもしろくて、お話を聞いているときだけは、時間を忘れ、空腹を忘れることができたんだよ。子ども時代は、一度でいいからお腹いっぱい食べたいと思っていたものさ」民話を語る原点には、このような厳しい現実を、ひとときでも子どもたちに忘れさせるための工夫もあったのでしょう。

びんぼう富豪

怒られたことのない大富豪が、使用人に怒られたのを逆恨みする話。相手を焼き殺そうと火付けまでするのですから、お坊ちゃん育ちのわがまま富豪にもこまったものです。

ところで、このお話のなかで脇役として登場する「火」も、大富豪に「いいぞ、いいぞ」と言われて喜んで炎を大きくするあたりは、おだてに弱いお調子者を連想しますが、「火」にとって頭の上がらない存在の「風」が吹くと、抵抗もせず、あっさりと炎の向きを大富豪の家にかえてしまうのですから、笑ってしまいます。

それにしても、焼け出されてころがりこんできた元大富豪を、気持ちよく受け入れる貧乏な元使用人のほうがずっと人間的に上のようです。

ゾウと火消しダチョウ

これは、近年聞いた話のなかで、私の心にもっともぐっときた話です。

まず、アフリカには「ゾウの鼻がのびたのは、ワニにひっぱられたから」というお話はいくつかありますが、悪いことをしたゾウがつかまっていて、罠から逃げようとしてひっぱったときに鼻がのびたというパターンは初めてだったのでとても新鮮でした。

また、この話では「ダチョウが走ってきて、山火事で焼かれそうになっていたゾウを助けました、めでたしめでたし」で終わるのではなく、ダチョウがその後も火事の現場から逃げずに火事に立ち向かったことや、その姿に誘発されたゾウが、ダチョウと一緒になって鎮火作業に参加していく姿が語られます。私の心にぐっときたのは、このときのダチョウの姿で、私の頭には、このダチョウが江戸時代の火消しのように韋駄天《いだてん》走りで火事場に駆けつけ、ハッピを着てまといをつけて火に立ち向かうイメージが浮かんできました。「消防士のダチョウ」ではなく「火消しダチョウ」と題名につけたのは、そのイメージからです。

ダチョウといえば、日本の名作『かたあしだちょうのエルフ』に出てくる主人公のダチョウも、みんなのために尽くすお話ですね。ストーリーテラーにとって、ダチョウには、正義の味方のイメージがわくなにかがあるのかもしれません。

人間は一人では無力であり、何事も協力しあわないとできないとよくいわれますが、志に沿って、周りの人への思いやりをもち、等身大の自分と向き合いながらいまの自分の役割を考えて行動すれば、たとえ一人でも必ず道が拓かれるということ、一人の力は決して小さくないということを、このお話の火消しダチョウは私に教えてくれます。

ところでこのお話は、まだ挿絵もそろっていない時期に、日本の幼稚園で読み聞かせをしたことがあります。私が「きょうの話は、これでおしまい……」としめくくった瞬間に、一人の男の子がすくっと立ち上がって、一言、「やればできるんだね！」と大きな声で言いました。この男の子のなかに、どんな気持ちが芽生えたのでしょうか。私自身は、その男の子の言葉を聞いて、いつの日か民話集にまとめる際は、必ずこのお話を入れようと思ったことでした。

ルウェンゾリ山の火と、ナイル川のカバ　ウガンダのお話

ウガンダ人のムズナさんから聞いた話です。ルウェンゾリ山は、アフリカ東部ウガンダ共和国の西部、ほぼ赤道の真下に位置するアフリカ第三の高峰で、月の山とも呼ばれ、ナイルの源流があるとされている神秘的な山で、頂には万年雪があるそうです。

でも、このお話によるとその昔は、ルウェンゾリ山の頂上には、万年雪ではなく、つねに火が燃え盛っていたのだそうです。しかも、山の火の友だちがカバだったというのですから、なんとも不思議なムードでのはじまりです。

ところでこのお話では、ウサギが典型的なトリックスターとして登場しています（トリックスターについては、一九〇〜一九一ページをごらんください）。ウサギさえ入れ知恵しなければカバと火の友情は続いていたのにと、二人に同情したくなりますが、ムズナさんは「まわりの人の話に乗るとろくなことがないし、なにか人に頼んで相手が断ってきたときはそれなりの理由があるのだから、強制してはだめなのよ」と言っていました。

とはいえ、山の上の火が、カバに懇願され、山から下りてきたことで山火事を起こし、唯一の友だちのカバに大やけどをおわせてしまったことを悔やんで悔やんで、泣いて泣いて、自分の涙で火事を消し、自分の存在まで消してしまったというのは、あまりにも悲しすぎるおわり方ですね。火の心痛を考えるといたたまれない思いになります。でも、現実の生活のなかでも、情にほだされて判断を誤ると大きな失敗や事故につながりがち。昔話のなかのできごとは、象徴的なことが多いので大げさに思えるかもしれませんが、このように現実に沿って考えてみると、案外身近にもおこりがちなことが語られているものです。

また、思いがけずこの民話集には、アフリカ三高峰であるタンザニアのキリマンジャロ山（五八九五メートル）、ケニアのケニア山（五一九九メートル）、そして、ウガンダのルウェンゾリ山（五一〇九メートル）がそろいました。

それぞれがその国でいちばん高い山で、どれもが赤道直下に位置しながら氷河を抱くという共通点がありながら、三国に伝わっているのはタイプがまったく違うお話だというのもとても興味深いことです。

ちょうちょがとんだ日　キリマンジャロ山伝説

タンザニア国内に蝶の種類はどれぐらいいるのかわかりませんが、サハラ砂漠以南の熱帯アフリカ、とくに赤道直下の熱帯雨林には約四〇〇〇種、世界の約二〇パーセントもの蝶が生息しているそうです（日本に生息する蝶は約二三〇種）。そのせいか、タンザニアには、年中さまざまな蝶がひらひらと飛んでいて、青い蝶やら、モンシロチョウにワンポイントの色模様がはいったようなおしゃれな蝶など、日本では見たことがなかった種類を多く見ることができます。

昔は羽がなく地面をはいずっていた小さな蝶と、アフリカ最高峰のキリマンジャロ山がくみあわさったこのお話はなんとも雄大で、小さな命の大きさをあらためて感じる話でした。

挿絵はヘレナさん。九人のうち唯一の女性アーティストです。ポップなかわいいタッチで、話に花を添えてくれました。

カバとワニの友情物語

なにも悪いことをしていないのに、サバンナから追い出されてしまったカバ。行くあてもなく、途方に暮れていたときに声をかけてくれたワニが、どれだけ頼もしく見えたでしょうか。

住む場所の提供はするけれど、食べ物はいっさい分けないワニの態度は、一見、傲慢ですが、自分の力以上の情けをかけても共倒れになるだけというのが、本能的にわかっていたからなのかもしれません。

スワヒリ語のことわざに、「人におぶってもらうときは、体に力を入れろ」という言葉があり、これは、人の助けを受けるときは全面的に頼るのではなく、自分でもできることはしなさいという意味です。でも、仕事の場の少ないタンザニアでは、実際にはこのことわざに反して、家族で一人でも職を得て成功すると、遠い親戚までもがその人を頼ってぶらさがってくるために、貧しい暮らしから抜け出すことができずに、共倒れになっていくという悪循環が多いことも否めません。このお話に出てくるワニは言葉こそ乱暴ですが、自分のしてやれること、できないことを、シビアにはっきりカバに伝えたからこそ、いまでもワニとカバは水辺で共存できているのかもしれません。

ダウ船は、ニワトリから

島国ザンジバルでは、タンザニア本土とのあいだを運航する大型フェリーや貨物船をぬかせば、現在も木造船が主流で、エンジン積載の大きめの漁船もあれば、風によって進む昔ながらの帆船ダウも現役で活躍しており、港には現代と過去がごちゃまぜになっているような風景が広がっています。

岸壁に立って、停泊している船をのぞきこむと、たしかに木造船の内部がニワトリの骨格のような構造になっているのがよくわかります。

このお話は、ザンジバルの船大工のアブダラさんから聞きました。夫がザンジバルで長年漁

朝のマリンディ漁港から漁に出るダウ船。白い帆を大きく立てて、いざ、出航

漁船サンカクメイジ号の造船風景。
昔からの道具で丁寧に船を作る船大工と作業を見守る夫・島岡強

業に携わっている関係で、私もいままでに七隻の漁船づくりに立ち会ってきましたが、一本の材木を選ぶところからはじめる木造船づくりは、すべて手作業なので、一隻の船ができあがるのに、半年ときには一年単位の時間がかかります。鉈で木の皮をむいて形を整える作業やら、材木に油を塗り火であぶってカーブをつける作業があるかと思えば、釘穴をあけるにも昔ながらの弓矢に似た大工道具でひとつひとつ穴をあけていきます。船職人ならではの大工道具と作業のなかには、さまざまな知恵と技があり、見飽きることがありません。

アブダラさんは、そんな船大工の仕事にとても誇りをもっていて、この話をしてくれたときも「俺たち船大工は、神さまがヌフに与えてくださった船造りの才能を受け継いで、大切に守っているのさ」と言っていました。自分はなにをするために、どういう能力をあたえられて生まれてきたのか、そんな人間の根源である志について、少しもためらうことなくさらりと言ってのけるアブダラさんの仕事ぶりは、いつも見ても迷いがなく見事です。

なぞなぞひめ

かつて、テーバイ国の入口で、通りかかる旅人になぞをしかけ、解けない旅人を食っていたスフィンクスにオイディプスが挑み、見事なぞを解いて退治したという神話はあまりにも有名です。スフィンクスは、人面獣身の妖怪。美しい女性の顔に、ライオンの体をもっていたといわれています。スフィンクスの出したなぞとは「一つの声をもちながら、朝には四本足、昼には二本足、夕べには三本足の者はなにか」というものでした。オイディプスは、これを「人間

（幼・壮・老の三態）」と解いて、スフィンクスを死滅させたのです。

このように壮大ななぞなぞ話ではなくても、美しい姫が結婚の条件に難題を出して、それを解いた若者と結婚するという求婚難題譚は、世界各地で見られます。

ザンジバルのなぞなぞ姫は、初めはかたくなに結婚を嫌がっていましたが、自分の出した難題をクリアするたくましい男性の出現によってあっさり結婚します。同じように、求婚者に無理難題を押しつけ、必死で姫を獲得しようとする男性を尻目に、最後まで結婚を拒否して、一人で月の世界に帰っていった日本の「かぐや姫」とは対照的ですね。

とはいうものの、外国のお話に出てくるお姫さまは「結婚してめでたしめでたし」のパターンがふつうで、求婚がテーマのお話にもかかわらず、美しい姫が一人で去っていくという日本の「かぐや姫」のほうが例外です。これぞ、女性は「あはれ」な風情があってこそ美しいとする日本独特の美意識からきていることで、日本と外国との文化の違いといえると思います。

歌うシャターニ

シモンジャは、親の言いつけを聞かないおてんばな女の子の代表として、タンザニア南部のお話に登場するキャラクターの一人。シャターニの森に入ってはいけないという禁を破ったシモンジャが、歌うシャターニにさらわれ、お父さんが助けに入った森のなかは、まさに妖怪だらけでした。

シャターニとは、精霊であり妖怪でありといった人間の心がつくり出す存在ですが、タンザニアの人びとのあいだでは、とくになにか悪いことや都合の悪いことが起きると、「シャターニのせいだ」とすることが多いです。これらシャターニの存在は、日本でいえば、水木しげるの描く妖怪の世界観と共通するものがあるのではと感じています。

挿絵は、シャターニ画の代表でもあるチャリンダさん。この「歌うシャターニ」は、チャリンダさんの夢のなかに出てきて以来、何十年も描き続けられているキャラクターなんですよ。故郷ナカパニャ村のお話と、夢のなかにできてきたイメージがぴったり一致して、このシャターニ像を描くことになったそうです。

人間の首が木から生っている「歌うシャターニ」、見方によってはグロテスクですが、よく見ると、木になっている男たちは愉快そうに笑いながら歌っているので、なんだかほっとします。なぜなら、シャターニによって木の中に取り込まれてしまっても、それなりに明るくやっているのが、根っから陽気なタンザニア人気質を表わしているような気がするからです。

シャターニに育てられたむすめ

生まれてすぐにシャターニにさらわれたビホラレの、一七年という短い人生には、不幸な結末しか残されていませんでした。

シャターニはあくまでシャターニ、どんなに人間と近くなっても、しょせんは別世界のものという境界線があるようですが、さらわれたビホラレにはなんの罪もなかったのですから、まさに悲劇としかいいようがありません。勧善懲悪に書きかえられる前の昔話の原話には、このように、なにも悪くなくても悲劇のまま終わるヒロインが登場しがちです。

ザンジバルのペンバ島という、まだ手つかずの未開発地区が多く、深い森の多い島で語りつがれているシャターニ伝説。シャターニ画は、チャリンダさんの真骨頂、悲鳴が出そうなほど怖いけれど、どこかにくめないシャターニを描いてくれました。


ところで、この絵のシャターニが体に巻いている美しい布にご注目ください。これは、カンガという東アフリカで日常的に使われている四角い大判の一枚綿布。カンガは、日常の衣装としてはもちろん、スカーフ、シーツ、寝巻き、子どもの背負い用、エプロン、バスタオル、そして贈り物としてなど、生活のありとあらゆる場面でさまざまな使い方をされている布です（一八九ページに写真があります）。

カンガの中央下部には、ことわざやメッセージがスワヒリ語で書かれており、内容は、多岐にわたっています。熱烈な愛のメッセージあり、人間の生き方を諭す道徳的なことわざあり、ジョークあり……。そして、女性たちがカンガをまとうときは、このメッセージが、自分の後ろ正面のすそ部分に来るように気をつけながら巻きつけます。なぜなら、その部分にあるカンガの言葉を見せることが大事だからです。

たとえば、夫婦喧嘩をして仲直りがしたいとき、妻は「あなたは燃えさかる炎、それを静めるのは水である私だけ」と甘いラブメッセージつきのカンガを巻いて、夫の前を歩きます。

嫁に出した娘が、近所づきあいがうまくいかず、嫌なうわさを立てられて落ち込んでいると聞いた、お里のお母さんは「まわりの人になにを言われても気にしないでいいのよ。神さまだけは本当のあなたをわかってくださっているのだから」という言葉の書かれたカンガを贈って娘を励まします。

いつも大きなことを言っているのに、本番ではからきし力の出せない男性に向かって、「田舎の雄鶏は、街では鳴けない」（日本でいえば「井の中の蛙」）なんていう辛口メッセージもありますよ。

このように、カンガは生活のいろいろな場面で、女性たちからメッセージを託されさまざまなことを語っているのです。短い言葉のなかにたくさんの思いを託す、これは、短い和歌に互いの心を凝縮し、そのなかに託されたあふれ出る思いや互いの心情を理解し、伝え合っていた昔の日本人と同じような心のやりとりなのではないでしょうか。そしてそれは、和歌や俳句をいまも文化として大切に継承している私たち日本人の心と繋がっているような気がします。

それにしても、このシャターニのカンガには、どんなメッセージが書かれていたのでしょうね。

くさいのは、だあれ？　ムニャパとチクエペ

くさい動物ムニャパと、くさい鳥チクエペが登場するユニークなお話です。

体臭は自分ではわかりにくいもの、というのがこの話の根底にありますが、このような「体臭」をテーマにしたお話というのは、かなりめずらしいのではないでしょうか？「ムニャパ」

「チクエペ」というスワヒリ語の音も、日本人の私には、なんだかユーモラスで楽しくきこえました。

ところで、このくさい獣「ムニャパ」については、何度説明を聞いても、私には、どんな動物なのかいまいち想像がつきませんでしたが「よく知っているよ」と言ったチャリンダさんに、挿絵を描いてもらいました。

井戸をほったワニ

「ゾウと火消しダチョウ」の解説でもお伝えしたとおり、タンザニアは、慢性的な水不足。「水の確保」が生活の根底にあるせいか、井戸掘りをはじめ、水をめぐる戦いや水泥棒など、水をテーマにしたお話がたくさんあります。みんなで力を合わせて井戸を掘る話が多いなかで、ワニが、たったひとりで井戸をほりあてたというのは初めて聞きました。しかも、主人公がオスではなく、メスワニが命をかけた産卵とともに、村のためになる井戸を掘るという二つの大仕事をやってのけたのですから、このワニはスーパーヒロインですね。

一見、偶然が重なったように見えますが、ワニが、村に水をもたらすことができる井戸掘り職人をめざす思いをもち続けてきたからこそ、天が彼女に力を与えてくださったのでしょう。これもまた、志あるワニにもたらされた偶然ではなく必然のなりゆきだったのだと思わせてくれるお話です。

アフリカの生活では、ふだんから水くみや薪ひろいなど、女性も力仕事をすることが多いせいか、男性より力持ちの女性もたくさんいますし、出産には尋常ではない痛みと力が重なるので、これはとてもリアルなお話になっていると思います。

語ってくれたのは、ペーターさんという男性でしたが、ワニが産卵場所を探すところや産卵場面もリアクションたっぷりで、すごくもりあがりました。

ザンジバルには、一九世紀にオマーンのスルタンが建てたマルフビ宮殿の遺跡がありますが、そこには、ザンジバルでいちばん古い水道や小さいながら水道橋の跡が残っています。宮殿から約三キロ離れた水源から宮殿まで水を引いていたそうです。

現在のオマーン国の首都マスカットにある軍事博物館では、このマルフビ宮殿の写真と「オマーン王は当時ザンジバルに初の水道設備をもたらせた」という説明書きを見つけました。水の確保は重要で、それを他国のザンジバル（当時はオマーン王国の領土で首都としての位置づけ）にもたらしたということは、わざわざ博物館に残すほどの意味があることなんだなと思ったことでした。

ところで、日本の金沢には、天保年間に日照り続きで飲み水にもこと欠いたときに、だれもがしり込みするほど深い井戸を掘って人びとを救った吉左衛門という男のことが語り継がれており、「井戸掘吉左衛門碑」という石碑まであるそうです。水道システムが確立するまでは、どこの国でも水の確保が生死にかかわる一大事だったこと、だからこそ、水をもたらせてくれた人への尊敬の念がわくというのがよくわかりますね。現代でも井戸が重要な水供給の手段となっているタンザニアにおいて、井戸掘職人という職業はいまでも尊敬に値する職業とされているようです。

ハイエナとカラス　ケニアのお話

ケニア人のムワンギさんに教えてもらったお話ですが、はじまってそうそう、衝撃的なシーンが出てきたのでびっくりしました。なんでも、ケニアに伝わるお話ではハイエナが主人公の話が多く、しかもハイエナの攻撃方法のひとつとして、いきなり相手にクソをぶっかけるというパターンが多いと聞いて、思わず笑ってしまいました。

ところでこれは、なぜハイエナの前足が長くて、後ろ足が短くなったのかという因果譚ですが、空から落ちたハイエナが足を怪我して……というわけではなく、若いころライオンに足を食われて短くなってしまったおじいちゃんハイエナが留守番していたというのがおもしろいですね。そして、おじいちゃんが、また一からハイエナ家族をつくり直してから死にましたというのがとてもシュールです。

大きなワニと、小さなニワトリ　ウガンダのお話

これも、ウガンダ人のムズナさんから聞きました。ウガンダには、ナイル川の源流があるといわれるルウェンゾリ山がありますが、このお話に出てくるワニは、その「ナイル川のワニ」なのだそうです。ナイル川は、東アフリカからエジプトまで続く世界最長の河川のひとつです

から、なんだか、ナイル川に住むワニと聞くだけで、特別なワニのような気がしてきます。隣のケニアにも同じパターンのお話があるようですが、ナイル川のワニと限定されているのかどうかはわかりません。

ちなみに、ナイル川は長さ六六五〇キロメートルもあり、流域国は、エジプト、スーダン、エリトリア、エチオピア、ウガンダ、ケニア、タンザニア、コンゴ民主共和国、ルワンダ、ブルンジの一〇カ国もあるので、それぞれ川にまつわるお話もあることでしょう。いつかほかにもナイル川が出てくるお話を聞いてみたいものです。

それにしても、小さな小さなニワトリのとんちにしてやられてしまう大きなワニの姿は笑えますね。ムズナさんは、お話のあとに必ず一言加えるのが常で、この話の最後には「小さくても、頭をはたらかせれば、大きなものにも負けないのよ、だから、勉強しなさい」と子どもたちにむかって言っていました。

挿絵はヤフィドゥさん。獰猛な顔をしたワニが、じ〜っと、じ〜っと、じ〜っと卵を見つめて、頭のなかが「?」マークでいっぱいになっている姿をユーモラスに描いてくれました。

さかさまになったバオバブ

バオバブの木で、葉っぱがすっかり落ちてしまった状態の時期は、根っこと幹がさかさまになっているような形状をしているため、英語では、UPSIDE DOWN TREE（さかさまの木）と呼ばれることもあります。このようなバオバブの特徴的な形状から、このお話が生まれたのでしょうが、ほかの木々をうらやましがるバオバブにつきあって、何万回も姿を変えてやったというのですから、さすが神さまは忍耐強いお方です。それほどまでにしていただいたのに、いつまでたっても自分の姿に満足できないバオバブ。まさに、「隣の芝生は青い」（他人がよくみえてうらやむ）の状態がずっと続いたのですね。

結局、最後には、懲らしめのために、さかさまに植え替えられてしまったところで終わっていますが、そのおかげで、バオバブは遠くからでもすぐにわかりますし、水を貯えるのに長け、乾季が続いても耐えられます。

バオバブの木というと、太い幹や木の形がクローズアップされがちですが、葉が茂ると大きな木陰を提供してくれますし、花もすばらしく素敵で、真っ白な一夜花が恬淡とした趣で咲くさまはとても印象的です。また、このお話には、ザンジバルの花や植物のことがたくさん出てきますが、私はこのところ、熱帯アフリカの花にはまっているので、ひとつひとつの植物の形容をとても興味深く聞きました。

タンザニアの換金作物の代表のひとつであるカシューナッツも出てきましたが、これは、果実の外側に種子が勾玉《まがたま》形で飛び出してなるのが特徴です。黄色いピーマンのような形のが果実で、みなさんがカシューナッツと呼んで食べているのは、この勾玉部分なんですよ（一八四ページ参照）。

ちなみに、ザンジバルは、別名スパイスアイランドと呼ばれるほど香辛料栽培が盛んで、めずらしい南国フルーツもふんだんにある島なので、ザンジバルにお越しの際は、その両方を見てまわることができるスパイスツアーに参加することをおすすめします。

しあわせのなる木

これは、チャリンダさんの生まれ故郷ナカパニャ村に伝わるお話です。しあわせを探し求める話といえば、チルチルとミチルが出てくる「青い鳥」が浮かんできますが、タンザニアでは「しあわせのなる木」、しかも、動物たちが鈴なりに生っている木というものだというのでたまげました。

とてもユーモラスで、人生こうでなくっちゃというお話に最高の挿絵がついたので、この本のフィナーレにもってきました。

私も、人生いいことも悪いことも、それほど長くは続かない、死ぬまではなにかしら役割があって生かされているのだからありがたいという基本精神で、志に沿って、等身大かつ自然体でバオバブの花のように恬淡と、なおかつ朗らかに生きていきたいなと思います。

＊　＊　＊

ここでアフリカの子どもたちの様子をお伝えしましょう。

二〇一七年六月九日の夜に、ザンジバルで新しい命が誕生しました。

「赤ちゃんが産まれたから見に来て！」という吉報に、とるものもとりあえず駆けつけて、私がこの子を見たのは、出産翌日の午後でした。まだ人間暦一日にも満たない赤ちゃんはまだ名前も決まっていませんでしたが、逆子で難産という大変な一昼夜を乗り越え、この世に命を生み出すという大仕事をやりとげたばかりのたスルヒアさんが、一夜明けてすっかりお母さんの表情になっていたのが印象的でした。

日本では男性も育児に参加することが多くなっているようですが、ザンジバルではまだまだ男は外で稼いで家族を養い、女は家事と育児に専念する分業状態の夫婦が多いこともあり、とくに赤ちゃんにかかわるほぼすべてのことは女性陣が取り仕切っています（そこには、女性の働く場が少ないという現実も含まれているのですが）。

日本でも産後しばらくは大事を取るように、ザンジバルでも産後四〇日間は赤ちゃんを連れて実家に帰り、身のまわりのことはすべて里の家族に任せてひたすら静養に努めます。そのあいだは赤ちゃんをかたときも一人にしてはいけないと言われており、トイレに行くちょっとしたあいだでも、必ず誰か赤ちゃんを見てくれる人を部屋に置かなくてはなりません。なぜなら、かわいい赤ちゃんはいつでも悪魔に狙われていて、一瞬でも一人にすると、悪魔がやってきて赤ちゃんを魂ごと抜き取ってしまったり、悪い性格をもった子と取り替えてしまうと信じられているからです。

また、ザンジバルの人びとは、「人の心は目の中にあって、邪悪な視線は赤ちゃんを殺すことすらある。おとなは悪い視線を跳ね返す力があるけれど、まだ生まれたばかりで抵抗力のな

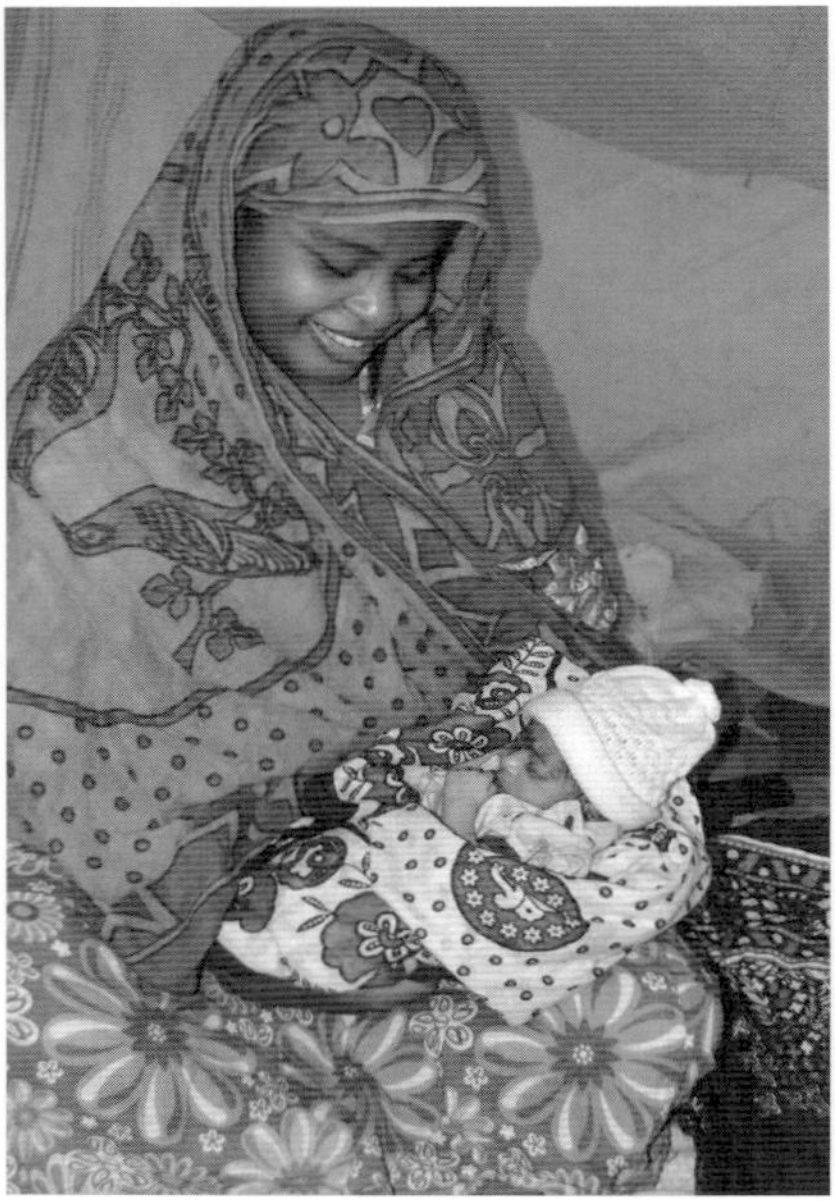

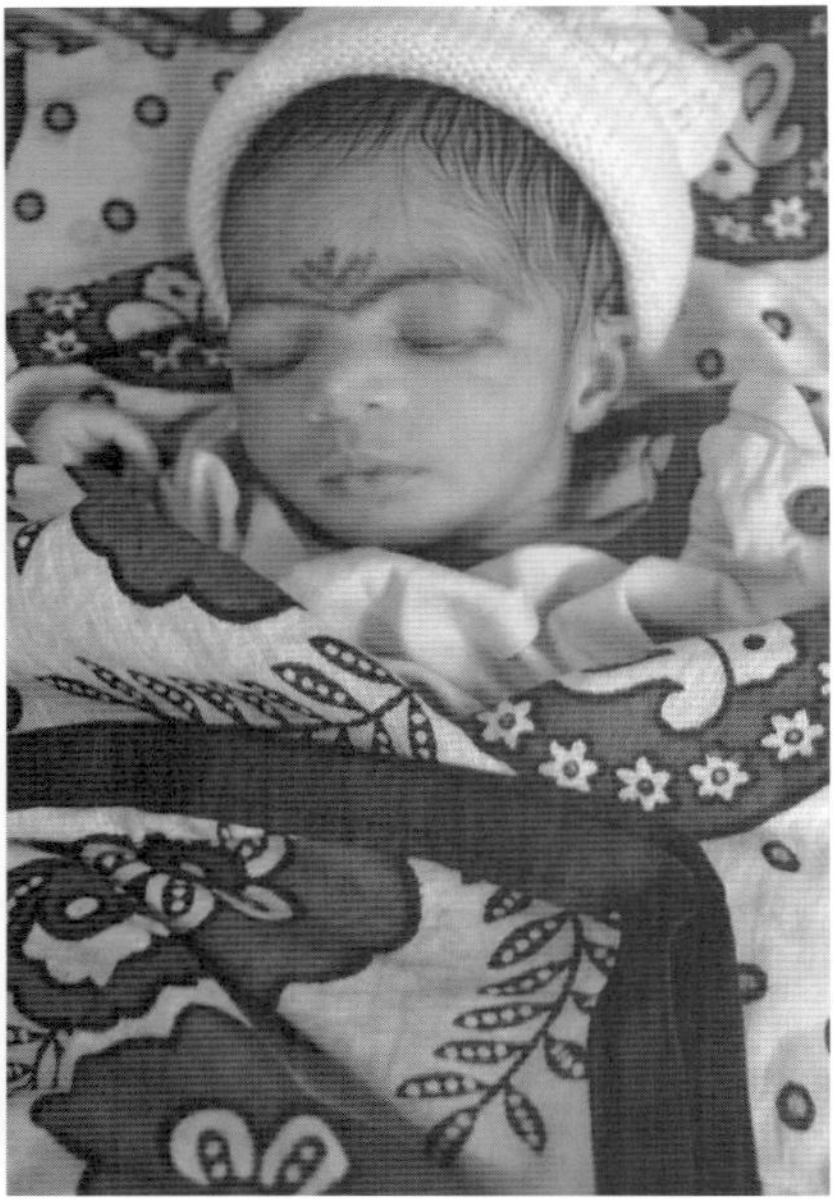

出産翌日には退院して家に戻ってきたスルヒアさん。すっかり優しいお母さんの表情です（上）

魔よけのワンジャ（眉墨）を施されてぐっすり眠る赤ちゃん（右上）

妹や弟の守りはお姉ちゃんの役目

い赤ちゃんは不幸を願う人の視線によって、病気になったり死んでしまったりする」と考えています。

だから、女性たちは、赤ちゃんを悪魔からだけでなく、人間の目からも守らなければなりません。そのために、ザンジバルの女性たちは、ワンジャという眉墨のような黒い染料で赤ちゃんの顔に模様を描きます。眉毛をげじげじに描いてみたり、左右の眉毛をくっつけてみたり、おでこにしわのような線をたくさん描いてみたりして、わざと不細工にするのです。すやすや眠っている赤ちゃんの眉毛だけが異様に太かったりするのは、なんとも奇妙な感じですが、彼女たちは大まじめ。「赤ちゃんはかわいく見えたら危険なのよ」と声をそろえ、毎日ワンジャで変な顔にすることに懸命です。

赤ちゃんは、顔のかわいさだけではなく、いい香りがしても悪魔に魅入られてしまうということで、赤ちゃんの手首には黒い布で作られた「くさい匂い袋」がはめられます。手首にくるりと巻かれた布製の細い紐に、これまた一センチ四方ほどの小さな袋が縫いつけられていて、中身は、にんにく、ンブジャと呼ばれるくさい匂いのする樹皮の塊、岩塩などで、どれも悪魔よけなのだそうです。

これで昼間の悪魔対策は完璧です。でも、問題はママもほかの女性たちも眠ってしまう夜中。眠っているあいだに赤ちゃんが連れ去られないように、赤ちゃんの枕の下に、小さなナイフと塩、ライム、炭の一片を忍ばせておきます。

これだけ防御を固めても、赤ちゃんに忍び寄り、夜中にひきつけを起こさせる邪悪な悪魔もいるので、念には念をいれて、夕方になると、寝室で悪魔の嫌いなくさい匂いのするンブジャを香の代わりに焚き、その匂いを赤ちゃん用の黒い色の寝巻きに移しておきます。夜になると赤ちゃんはそのくさい匂いのする黒い寝巻きを着せられ、ママの隣で眠ります。これでやっとママも安心できるというわけです（ちなみに、ワンジャをはじめとするこれらの慣習は、タンザニア本土ではあまり見たことがないです）。

こんなふうに、ザンジバルの女性たちは、生まれてきた小さな命を守るために集まり、知恵を絞り、全力を注ぎます。なぜなら子育ては、赤ちゃんを産んだママだけではなく、家族や近所の女性たちがみんなで力を合わせておこなう共同事業だからです。

ザンジバルに住みはじめてすぐのころは、赤ちゃんを見て「誰の子？」と聞くと、まわりにいるたくさんの女性たちが胸を張って「私の子よ」と答えたり、一人の友人から「これが私のママよ」と何人もの女性を紹介され、よくよく関係を聞くと親戚でもなんでもない近所のおばさんだったりするので面食らっていましたが、だんだんそういった感覚がわかるようになってきました。ママというのは、その子の養育過程にかかわったすべての女性のこと、だから「生みのママ」は一人でも「育てのママ」はたくさんいることになるわけです。

スルヒアさんの赤ちゃんは、その後ファヒムという立派な名前がつき、生みの親のスルヒアさんの実家で大勢のママたちに囲まれて四〇日を過ごしたあと、パパの待つダルエスサラームの家に帰っていきました。

次に、タンザニアの学校の様子を少々。この三〇年でかなり学校も増え、就学率が高くなっているようですが、まだまだタンザニア全体では学校の数が足りず、就学年になっても順番待ちで学校へ入れない子もいれば、入っても家の都合でやめてしまう子たちもいますし、出生届を出さないまま育ってしまい、就学できないで家の手伝いをしている子もいます。

机や椅子がそろった学校もあれば、机や椅子、黒板などの備品がまるでなく、がらんとした教室の床にじかに座って授業をうける学校もあり、教科書は全員に配る数はないので、授業のたびに数人に一冊ずつをグループで使うという状態のところが多いようです。

学校数が足りない地域では、学校を二部制にして、同じ教室を二つのクラスで使います。朝早いクラスと、昼からのクラスで交代するのです。教室前と後ろに黒板があって、先生が二人入ってきて、同時に二つのクラスの子たちが別々の授業を受けるという光景も見たことがありますし、一クラスに七〇人〜一〇〇人も詰め込まれることもあり、教える先生も大変です。

地方ではとくに、家から学校が遠く、バスや電車などの乗り物がないので、毎日一時間も二時間も歩いて通学しなくてはいけない子たちも大勢います。

標高の高いキリマンジャロ地方出身のフランシス・ナアリさんもその一人。学校が遠かったので、毎朝二時間以上走って学校に通っていたそうです。彼は一七歳ぐらいからタンザニア陸上をになうマラソン選手になって大活躍しました。タンザニア、ケニア、エチオピアなどには

チャイムの代わりに鉄板を石で打ち鳴らします

孤児院も併設されているザンジバルの私立小学校

女の子もあぐらをかいて座ります。
笑顔いっぱい、小学3年生クラス

中学2年生の女の子たち。大好きな担任の先生と。
タンザニア南東部ムトワラ

野外で開かれていた父母会の様子。
タンザニア北部ムワンザの小学校

すぐれたマラソン選手がたくさんいますが、ナアリ選手のように、高地出身が多いそうです。

子どもたちは、学校へ行く前も帰ったあとも、たくさんお手伝いをします。女の子は料理をはじめとする家事手伝い全般、そしてタンザニアはいまでも子だくさんなので、お兄ちゃん、お姉ちゃんになると子守りをします。いまの時代でも、幼い弟や妹をおぶって学校に通う子の姿が見られます。男の子のお手伝いは水汲みが重要で、家が農家であれば、畑仕事や牛の世話などがメインのようです。水くみ作業は、まさにエンドレス。朝くんで使ってまたくんでの繰り返しです。水の出る水道に群がる人びと、井戸を使う人びと、湧き水からくみ出す人びとの姿があちこちでみられます。川や池で洗濯をし、牛などの家畜を洗い、ついでに自分たちも水浴びをし、水やり用に畑に運び、生活用に家に運ぶという具合に、水を運ぶ作業が延々と繰り返されています。

家に帰ると家の手伝いで忙しいので、子どもたちにとって、学校だけは思いっきり勉強して友だち同士で楽しく遊ぶこともできる大切な場所なのですね。学校訪問するたびに、「学校が楽しい！」「学校に来られるのが嬉しい！」「勉強できる時間があるのがうれしい！」という子どもたちの純朴な喜びが伝わってきます。

農村にある学校の父母会にも、オブザーバーとして参加したことがありますが、一〇〇人以上が校庭に集まっていて、青空の下で熱心に意見交換がされていました。タンザニアでは、初代大統領ニエレレの唱えたウジャマー社会主義の時代から、農民教室などおとな向けの勉強会を野外で開講していた歴史があります。それまで教育の機会がなかったおとなたちが、青空教室で初めて学ぶ喜びを味わったのです。

おとな同士でも教えあい学ぶ合うことを奨励し、学ぶことの重要さと楽しさを、教育の機会がないままおとなになってしまった人たちにも伝えたからこそ、親たち自身が子どもたちを学校へ行かせようと思い、学校制度が根づいてきたんだなということをこの青空集会で感じました。ザンジバルやタンザニア本土では、学校を訪問をするたび、「初等教育の原点」という言葉が浮かびます。

*

こんなふうに家や地域をあげて大切に子どもを育てながらも、乳幼児のうちに亡くなる子もいれば、せっかく学校に通わせても成人できないで亡くなる子も多いのがアフリカの現実でもあります。マラリアやコレラやエイズといった大病が死因ではなく、ちょっと転んですりむいたところからばい菌が入ったのが原因であったりするなど、もし日本の病院で適切な処置を受けていたら助かっただろうに、と思わずにはいられないような亡くなり方も多いのです。だから、子どももおとなも、死というのは年齢順にくるものでもなく、子どもだからといって自分とは無関係の遠いものでもなく、日常のなかにあることをよく知っています。

アフリカの民話には人や動物の死がやたら出てきますし、悪いことをしていない登場人物が理不尽な死にいたる話も多いです。それは日々の生活のなかに、死というものが身近にあるという現実が横たわっているからなのでしょう。このような現状であっても、アフリカの人たちの多くは基本的に根が明るく、いつまでもくよくよしないで、たくましく生きていますし、死が身近にあるからこそ、今日を、いまを生きている喜び、人と会えることの喜びといった、人間として生きる基本を知っているような気がします。だから、読者の皆さんにも、アフリカのきびしい現状を知ってかわいそうがるのではなく、アフリカの人びとのそういったたくましさや心意気を感じとっていただければと思います。

とはいえ、アフリカの多くの国々が、いまだに貧困から抜け出せず、外国からの援助に頼っているのには、仕事の場が少なく、働きたくても働けない人が多いという事情があることは否めません。私たち夫婦がアフリカに渡って漁業、運送、貿易などの事業を興したのは、現地で雇用の機会をつくりながらその現状を変えていくのが目的で、アフリカの人びとが真の意味で精神的にも経済的にも自立し、外国からの援助に頼らず、自分たちで国をまわしていくことができるような手伝いができればという志にもとづいた実践で、いまも一歩一歩、地道に歩みを進めています。

＊＊＊

本書では、いままで採集した約三〇〇の民話から二〇話を厳選してご紹介しました。

民話の掘り起しが、地域文化や史実につながっていることを意識するとともに、その楽しさと、消えゆく民話を残していくことの重要性をあらためて感じながら、民話集の構想を練っていた時期に、「日本の民話」を数多く刊行している未來社さんと出会い、「一緒にいい本をつくりましょう」とおっしゃってくださる同社編集部の天野みかさんと本づくりの作業を重ね、出版の運びとなりました。私の好きな『出会いは偶然ではなく必然』という言葉通りの必然的出会いのなかで生まれたこの本を、心から大切に思います。

また、私にとっては、どのお話も語り手ありきですので、貴重な時間を割いて語ってくれたアフリカの仲間たちに感謝の気持ちでいっぱいです。

そして、日本では、長年同志として要所要所で私の背中を押してくださった柴野次郎氏、読み聞かせの立場からアドバイスをくださった滋賀県東近江市のひまわりお話会代表上田律子氏、挿絵のデータ化やアフリカ地図の作成といった私の苦手分野をになってくれたバラカジャパン川口圭希、出版を楽しみにしていますと励まし、応援してくださった皆様に心から感謝します。

ところで、民話の聞き取りをしていると、日本との共通点を感じる話もあれば、日本とは全然違う考え方で、ときには善悪の基準さえも違っていることに驚き、「えっ、それで終わっていいの?」と理解に苦しむ話があるのも事実です。お話のなかに自分と違う考えがあることを知ったとき、はじめから拒絶するのではなく、いったんそれを受け止めて、この考えはどこから来たのかなと思いをはせ、相手(人、土地、国)のことを知ろうとこころがけながら民話採集を続けてきました。

同時にこれらの民話は、まだ誰の手も加わっていない貴重な原話であるということにも気づいたので、日本人向けのテイストにしてしまうのではなく、聞いたときの大筋はかえずに再話することをこころがけ、解説のなかで、なぜこのような民話が語られるようになったのかをひもときつつ、アフリカへの理解を促せるようなものにしてみようと考えながら書き進めましたが、その試みはいかがだったでしょうか？

私の集めたアフリカの民話が、皆さんにとって異文化への扉となり、「違いを大切にしながら、ともに歩もう」という国際理解のはじめの一歩につながれば幸いです。そして、今度はこれらのお話を、ご自身の声で身近な人に伝えていただけたら、こんなにうれしいことはありません。

最後に、この本を通して民話を愛する人が増えることを祈りながら筆をおきます。

二〇一七年一一月吉日

真っ青な空と海のザンジバルにて　島岡由美子

《著者紹介》

島岡由美子（しまおかゆみこ） Yumiko Shimaoka

1961年名古屋生まれ。愛知県立大学文学部卒。幼稚園教諭として勤務後、1987年に結婚し、同年夫婦でアフリカに渡る。以来、夫と志を共にし、ザンジバル・タンザニアを拠点に、漁業・運送・貿易などアフリカの人びとの自立につながる事業や、文化・スポーツ振興、交流活動を続けて現在にいたる。自身のライフワークとして、アフリカ各地に伝わる民話の採集・再話に取り組み、日本に伝えている。

著書：『わが志アフリカにあり』（朝日新聞社）『アフリカの民話〜ティンガティンガ・アートの故郷、タンザニアを中心に〜』『我が志アフリカにあり・新版』『続・我が志アフリカにあり』（以上バラカ）。アフリカの民話絵本『しんぞうとひげ』（ポプラ社）は、2016年度厚生労働省社会保障審議会推薦児童福祉文化財に選定された。

http://www.africafe.jp

《画家紹介》

ヤフィドゥ・A・マカカ Yaphidu Ally Makaka

1976年タンザニア国ルブマ地方トンドゥール地区ナカパニャ村に生まれる。1989年、ダルエスサラームに出てきて理容師として働いていたが、叔父チャリンダに影響を受け、ティンガティンガ・アーティストを目指すようになり、1991年から絵を描きはじめた。美しい色合いと繊細なタッチで、独自のちょっぴり不思議な動物ワールドを展開中。オーソドックスなスタイルから、個性派へと転身したのは1995年のこと。「きっかけは、夢の中に出てきた動物たちの姿をキャンバスに描いたことです。思いがけず面白いキャラクターが生まれたので、この路線で描いていこうと考えました」。 **挿絵担当 7（60P）・8・10・11・12・16・18話**

モハメッド・W・チャリンダ Mohamed Wasia Charinda

1947年ナカパニャ村に生まれる。1974年にバオバブの木の下でアート活動を始めて以来、ティンガティンガ・アート一筋の古参アーティスト。クラシックスタイルと呼ばれる素朴な動物画とともに、メッセージ性のある独特な生活画やシャターニ（精霊・悪魔）の世界を描くことで知られている。「夢のなかで、彼らが動いたり話しかけたりするので、それをキャンパスに描くんだよ」。一方、コミカルかつ優しいタッチの生活画では、故郷ナカパニャ村の出来事を数多く描く。2012年、『アフリカの民話〜ティンガティンガ・アートの故郷、タンザニアを中心に〜』のユニークな挿絵で話題を呼ぶ。絵本『しんぞうとひげ』は、2016年度厚生労働省社会保障審議会推薦児童福祉文化財に選定された。 **4・13・14・15・17・20話**

そのほかのティンガティンガ・アーティスト

アブダラ・S・チランボニ Abdalla Saidi Chilanboni 1・6話

ヘレナ・A・ルオガ Helena Augustino Luoga 2・9話

アバシ・ムブカ・キアンド Abbasi Mbuka Kiando 3話

ガヨ・P・ペテリア Gayo Peter Petherya 7話（56 & 65P）

モハメッド・サイディ・チランボニ Mohamed Said Chilamboni 5話

ムスターファ・A・ユスフ Mustapha Abdalla Yussuf 19話

アバース・M・ラフィキ Abbasi Muhamedi Rafiki お話のはじまるページ

アフリカの民話集　しあわせのなる木

2017年11月20日　初版第1刷発行

定　価——本体2000円＋税

著　者——島岡由美子

画　家——ヤフィドゥ・マカカと
8人のティンガティンガ・アーティストたち

発行者——西谷能英

発行所——株式会社 未來社

〒112-0002 東京都文京区小石川3-7-2

振替 00170-3-87385

電話 03-3814-5521

http://www.miraisha.co.jp/

e-mail:info@miraisha.co.jp

印刷・製本——萩原印刷

ISBN978-4-624-61042-5　C0098

〔消費

ザンジバルの笛

富永智津子著

〔東アフリカ・スワヒリ世界の歴史と文化〕インド洋に浮かぶ島ザンジバルに伝わる俗謡の謎を追ってアフリカ内陸、インド、アラビア半島へと旅し、スワヒリ世界の歴史と文化を描く。

二二〇〇円

アフリカ史再考

アイリス・バーガー＆E・フランシス・ホワイト著
富永智津子訳

〔女性・ジェンダーの視点から〕ボスラップによる問題提起に触発され新たな研究史を拓いたアフリカの歴史。その古代から現代までを、女性・ジェンダーに視点をあてた研究の検証を通して再構築。

二八〇〇円

マウマウの娘

ワンボイ・ワイヤキ・オティエノ著
コーラ・アン・プレスリー編集・序文／富永智津子訳

〔あるケニア人女性の回想〕キクユの名門に生まれた少女は一六歳でマウマウの宣誓に加わり解放軍兵士に変身していった。ケニアの民主化・女性解放運動を続けてきた著者の勇気と波瀾に富んだ自伝。

二六〇〇円

ネルソン・マンデラ

ジャック・ラング著／塩谷敬訳

二七年間の獄中生活を乗り越え「全民族融和の象徴」となった反アパルトヘイトの闘士の評伝。その人生を全5幕のドラマに仕立てることにより、いっそう読む者に強く訴えかける。

二六〇〇円

〔新版〕日本の民話　全75巻＋別巻4

かつてTBSテレビアニメ「まんが日本昔ばなし」とともに「民話ブーム」を巻き起こした定評ある未來社版「日本の民話」シリーズを、長年の要望に応えて再刊。

二〇〇〇〜二二〇〇円